山涧枕溪

张景 / 著

中国社会出版社
国家一级出版社·全国百佳图书出版单位

图书在版编目（CIP）数据

山涧枕溪／张景著．—北京：中国社会出版社，2015.12

ISBN 978－7－5087－5212－9

Ⅰ.①山…　Ⅱ.①张…　Ⅲ.①随笔—作品集—中国—当代　Ⅳ.①I267.1

中国版本图书馆 CIP 数据核字（2015）第 292801 号

书　　名： 山涧枕溪
著　　者： 张　景

出 版 人： 浦善新
终 审 人： 王　前
责任编辑： 王晓燕　　　　**责任校对：** 高建春

出版发行： 中国社会出版社　邮政编码：100032
通联方法： 北京市西城区二龙路甲 33 号
电　　话： 编辑室：（010）58124812
销售部：（010）58124848
传　真：（010）58124870
网　　址： www.shcbs.com.cn
shcbs.mca.gov.cn
经　　销： 各地新华书店

中国社会出版社天猫旗舰店

印刷装订： 中国电影出版社印刷厂
开　　本： 170mm×240mm　1/16
印　　张： 8.25
字　　数： 120 千字
版　　次： 2015 年 12 月第 1 版
印　　次： 2015 年 12 月第 1 次印刷
定　　价： 28.00 元

中国社会出版社微信公众号

“妾身千万难”（代序）

记得元代姚燧有首诗：“欲寄君衣君不还，不寄君衣君又寒。寄与不寄间，妾身千万难。”这首诗写的是古代一女子，丈夫或情人远出戍边或做事，那种既怕他冷又怕给他寄了寒衣不回的复杂的、两难的、优柔的心情。

我为何在此杂文集的“序”中引用此诗，且是爱情诗呢？因为我也有个两难选择，不是如诗中所写的对情人的寒衣的寄与不寄上，而是我这已写了十本杂文集，再写难免有观点或语言重复之处。对作家而言，最好的是几年至少是一年内只能写一本书，或一个领域内一年只写一本书，否则必语言乏味，面目可憎。虽然我在十几个领域内同时写作，从领域的角度讲避开了此种弊端，但在数量上还是犯了此忌，近两三年杂文集每年总是不自觉地就在两本以上，于是乎我决定暂停杂文的写作，将时间花在其他领域的写作和阅读上，尤其是阅读上。因为对作家而言，写作是支出，阅读是收入，这几年虽著作颇丰，或已经著作等身，但是每每总是感觉自己的收支不平衡，总觉阅读得少了，遂让自己每日必读，每日阅读不低于1万字增加到了不低于3万字（星期天、节假日不低于10万字）……扯远了，有点离题了——这个暂停写杂文的决定虽然是决定了，但是决心还是白下了，仍时时有写杂文的冲动，并且许多时候正在写别的书，包括出版社急要的书，仍身不由己地停下写杂文。

记得罗素说过一段话："三种单纯然而极其强烈的激情支配着我的一生。那就是对于爱情的渴望，对于知识的追求，以及对人类苦难痛彻肺腑的怜悯。"我愚拙低微，自然不敢同罗素的情感比，但是也有三种强烈的情感支配我、激励我、压迫我不得不乐此不疲地去写杂文，哪怕写得不好，写得重复、无味，写得没人读。这三种情感是对不公之事的愤慨、对不幸之人的同情、对不能与人类文明同步种种的焦躁与遗恨。这三种感情也使得自己，在思考时会呆、在生活中会恨、在写作时会哭或笑。日前在写一篇《我要吃肉》的小说时，自己竟被自己塑造的一个因买不起肉而痛打在卤肉摊前赖着不走的宝贝儿子后，含恨自杀的母亲，悲悯感动得在一个早晨竟如丧考妣般的大哭了三次，直哭得声动壁邻、泪如雨下。事后同一挚友说此事时，也还觉得自己有一些自得：因写作是修养的比赛，自己还不至于像当前不少中国的土豪或暴发户那样，沦落到人生只有对钱的算计，对乞者、对残疾人、对祸难者、对危困者无动于衷的地步。

因此说，目前对杂文的写与不写，我确实陷入了"寄寒衣"般的两难境地：写，质量难免不保或不理想，至少是犯了作家的创作大忌（之一）；不写吧，我又有太多的写作冲动，人为地压抑这种冲动我又倍觉难受，甚至有时急得像热锅上的蚂蚁或如坐针毡，以至素认为有自制力、被好友称为"花岗岩"和"自我虐待"的我，有时也像猫偷腥一样把持不住，不由自主地拿起笔……咋办呢？常自负地认为自己有主见，从未在任何人生问题更不要说职业问题困惑、迷茫过的我，也确实有点"玩大把戏（杂技）睡地下——没招了"，但愿能有热心的、好心的、乐于助人的读者朋友给我指点迷津，可怜的我确实为之难熬、迷茫乃至痛苦不已，恳请各位伸手拉鄙人一把。

是以为序。

作者于 2014 年 11 月 19 日

目录

contents

第一章 人生篇

什么是真正有价值的人生

有价值的人生是马斯洛人类需求五层次中最高层次需求中的“自我价值实现”的人生。这个需求最高层次，远远超出了对食物、性、安全、受尊重等人类的本能需求或基本需求，故世俗升官发财出名或福禄寿均不在此之列，更不要提为了自己谋生，得到所做的“价值”这个问题。也非世俗包括自己在内的蝇营狗苟者所去思考、会思考、能思考得了的。下面我在此斗胆说说自己对这个问题的看法。什么是真正有价值的人生，即以对的方式生活下去。“对”包括以下三点。

1. 与自己“对”。首先是这种生活方式“对”自己的品位、兴趣、个性，自己以这种生活方式去生活很感踏实、惬意，且能活下去、活得自尊、活得尽为人子、为人夫（妻）、为人父（母）的责任。其次是“对”自己的潜质，能使自己在其中不仅最快乐，生活质量、幸福指数最高而且能发挥自己最大的潜质，乃至实现自我最大的人生价值。

2. 与时代潮流“对”。一个人尤其是一个成功人士或名人，生存谋生、受人尊重等一切都不成问题，这时你的价值主要应定位在是否顺应历史潮流上，尤其是政界、军界、商界、文化界的重要人物、知名人物。“历史潮流，浩浩荡荡，顺之则昌，逆之则亡”。当今的历史潮流是多赢、民主、法治、和平、博爱、共荣、地球村等，而非过去的占领、攫取、侵略、暴力等。具体到个人也是注重健康、和谐（人际）、闲暇、品位、生活质量（幸福指数）、个性生活、婚姻经营、子女教育、节俭淡泊、简单简约、环保等，而非过去的升官发财、妻妾成群、前呼后拥、光宗耀祖、衣锦还乡、钟鸣鼎食、一言九鼎等，你无论再成功，如果不与时代潮流“对”，肯定不是一个真正有价值的人。

3. “对”社会、人类有积极无私的贡献。就是上升到博爱的角度，跳出为得私利（钱权名）的出发点去作这方面的贡献。

人生真正“出事”的五个概念

说起出事，人们想到的无非是横祸、夭折、残疾、撤职、被抓或破产等。其实这些除横祸、夭折（概率极小）外，都不算实质意义上的出事，反之如撤职、破产、残疾等，对强者、智者而言，往往还是好事，能使其人生更完整、经历更丰富、身心更强大、智能更增加。就是坐牢，只要不是因杀、伤、抢、骗、奸而是为民族大义、正义坐牢，那会像曼德拉一样，将坐牢变成了政治资本及人生阅历的积累，也不在“出事”之列。人生真正“出事”往往在身上（身边）发生，却又像对自己的睫毛般视而不见。下面分别说说人生“出事”的几个概念。

1. 身体出事。身体是人生最大的物质财富，是幸福的基础。身体出事是一个人的人生基础出了事、幸福出了事。记得孟浩然有诗云：“不才明主弃，多病故人疏。”虽然一个人身体的成功不是人生最大的成功，但身体的失败绝对是最大的失败。

2. 心理出事。先说说什么是心理出事或心理出事的几点表现：一是睡眠不好，其是心理疾病的第一表现。所谓睡眠不好是指：头挨枕三分钟睡不着，不玩手机或看电视困了睡不着，早醒后睡不着（早5点前）。只要占其一便是睡眠有问题了，更不要说依靠安眠药才能入睡。二是时时心存担忧、恐惧或不安，包括潜意识的，其表现是笑容少、开心少、噩梦或不好的梦多。三是心里没有宁静，常乱糟糟的或心事多、思虑多，包括欲望多、算计多，等等。四是不能接纳并享受孤独，一停下来就想找酒摊、饭局、牌场或找乐子，根本不知一人安静地读书、思考或做自己喜欢的事。心理出事的原因有三：一是道德亏欠多，由此担心恐惧多；二是物欲过盛，由此思虑揪心多；三是精神贫乏，尤其是不读书、少读书及远离音乐、宗教等对心灵的滋养，试想一个心灵得不到营养、长期处于饥渴状态下的人，他的心灵能不出事吗？心理出了事，是人生出了大事。

3. 婚姻出事。婚姻成功占人生幸福 80% 的内容，好的婚姻更是教育好子女的基础，故婚姻出事等于人生出了事。在这里，我只说说婚姻出事的几种表现形式：离婚，分居，经常争吵，与对方双亲不往来或两个以上近亲不往来，与配偶在一起不觉得快乐，每天交谈（包括电话）不超 10 分钟，性生活不快乐或很少有性生活，等等，居其一便是婚姻的失败。

4. 子女教育出事。子女是父母生命的延续，自身失败只是半生半世的失败，子女教育失败则是一生一世的失败。子女出事，非指子女学习不好、工作不好、没本事挣钱等，更多的是指子女身体、心理、人格、性格、道德价值观出了问题，以及没有养成六大应有的习惯（诚实的习惯、早起的习惯、利人的习惯、运动的习惯、读书的习惯、探究探险的习惯）。

5. 人格出事。人格出事是人生出事中最大的出事。一个人连人格都出了大问题了，他还能算一个正常的人吗？关于人格，对很多人而言是个朦胧的概念，没有认真思考过，甚至还有不少人不知什么是人格，尤其说不出人格的定义（是一个人应有的品位，主要是在道德范畴，也包括个性、气节及应有的人性善等）。在这里我只说说人格出事的几种表现：首先是为世俗成功（升官、发财、出名）不择手段，包括阿谀、吹捧、行贿、告密（打小报告）、不顾身体（如不顾休息、为讨上司或客户高兴过量或勉强饮酒等）、说假做假，等等。其次是不诚实，即说谎话，因说谎是一个人人格破产（出事）的最典型、最直接的表现。再次是损人利己，这个问题不用细说了。最后还有一个就是阴谋陷害他人，为了一己私利或因妒忌、仇恨等原因。如上四个方面占其一，就是人格出事了。

最后，我还想说一句话，一个人在世俗社会物质上再成功即钱再多权再大，如果在人生的一个甚至五个方面出了事，那么人生最重要的平安、幸福、快乐将离你而去，且不说你还会受到心理、法规、他人或历史的惩罚。请当今世上那些为升官发财不计后果、不择手段或将之作为人生全部内容或价值的人们认真思考一下吧。

衡量人生最大成功、真正成功的标准

成功一向是人们谈论最多、思考最多、向往最多的一个词，但人们的误区是将物质成功这个偏功，代替了综合成功（即职业成功、婚姻成功、人格道德成功、精神成功、生活成功、生命成功、身体成功）。人生最大的成功、真正的成功是什么呢？就是素质的成功，即做一个高素质的人。素质成功的标准又是什么呢？

这个标准有很多，我只在此说说最为重要的：第一，你的周围有多少人服你，不是服你会升官发财，而是服你有高素质，即你在身体素质、文化素质、业务素质、能力素质、智力素质、知识素质、道德素质等方面，都能让周围的人服气，都能与你所得的财富、权力、地位相称。第二，你周围有多少人敬你，而非你富贵后媚你、谀你、贿你，两者的区别是前者因你的高素质，后者因你的财权；前者是发自内心的，后者是出自利益的考虑。第三，你周围有多少人爱你，深深地喜欢你。这里的爱不仅指异性的爱，更多的是指同性的爱乃至异性间超出性爱的爱，即能给予你相处的人带来快乐及利益而使你周围的人心生爱意，这是人生情感中的最高情感。因为爱的本质定义就是能给人带来愉悦（快乐）与利益。第四，你周围有多少人关心你，而不是烦你、妒你、嘲你、恨你、看不起你、诅咒你，希望你完蛋或出事，甚至伺机或千方百计拉下你或拉倒你。这个关心是发自内心深处的关心，而非出于利益考虑讨好式的关心，如曼德拉住院期间全国很多不知名的各界人士排队探望，死时许多人如丧考妣……第五，你为人类为社会无私地作了多少贡献，如孔子对中国文化的贡献、华盛顿对人类的贡献、甘地对印度的贡献，等等。这种贡献不是你的企业办了多少，你盖了多少楼，纠正了多少错，而是你无私地为之不惜牺牲自己的利益，纯为民族为人类为众人的利益。这样才是你真正的最大的成功，才是有价值的人生。

一句话决定人生的三个内涵

研究人类历史，许多人尤其是许多大人物、名人的命运，往往被一句话所决定。这一句话有的很短，有的很长（或长成一篇文章）；有的很华丽或中听，有的很智慧或愚昧；有的很管用，有的不值一文，但都可改变或决定一个人的命运。其分析起来有如下三个内涵：即自己的一句话、别人的一句话、书上的一句话。

1. 自己的一句话。自己的一句话能决定命运四个内涵：一是自己一句发奋的话，如要达到什么目标或做个什么样的人，有的人将这句发奋的话埋在心里，有的人干脆公布于众，让众人监督或不怕人嘲笑，以终身践行。二是自己一句发狠的话。这里面多有赌气或复仇的因素，如为了一个报仇或让人后悔的意念，去做了傻事或惊天动地的事。三是一句应对的话。如与上级或重要人物交往，一句得体让上级喜欢、欣赏的话，还有与平常人一句应对的话，许多杀人案都是一句应对不妥的话而发生的。四是自己一句觉悟的话，使自己人生立马改变或境界达到一个更高的层次。

2. 别人的一句话。别人的一句话也分三个内涵：一是有权、有势、有实力之人的一句话，立马可改变决定你的一生，可使你立刻贵富或立即完蛋或丧命，如他们要提拔你、帮助你、杀你、笑你，都是他们一句话。二是别人侮辱、刺激、蔑视、挑衅、发狠、阴作的一句话，可使你立马振作、警醒或恐惧、受骗，从而使人生改变。三是别人欣赏、鼓励、表扬或打压、否定、嘲讽的一句话，可能使你从此一生振作或从此一蹶不振。如我小时父亲一次当众夸我字写得好，我就一直喜欢练字，十一二岁就能在街上摆摊给亲朋邻里写对联。

3. 书中的一句话。这与别人的一句话有类似之处，因书中的一句话都是别人说的，但有所不同的是书中的话都是高人说的，有思想的人说的，有文化的人说的或成功人士说的。另外，书中的话还都是以上人士经过深思熟虑说的，而非即席随意之言。更值得一提的是，他人的话你只能听身边人的、同时代人的，但书中的话你可听古今中外所有人的，当然是名人或有才之人的。一个经常听书中话（读书）的人，他一定是有素质的、有前途的，即人生可以良性改变或被书中话决定的。

人生的五大超脱

超脱，其含义在词典上是超群脱俗，不局限于传统、常规。在我们日常生活中多指一个人做人、做事、价值观或日常生活潇洒、超然、脱俗、轻松、自由、有个性等。在平时，人们包括自己对这个词也是用得多，思考得少。日前与一个可交流的朋友把盏夜谈多时，发现他真正称得上“超脱”二字，现将他的五大超脱细列如下，算我对超脱一词的理解或个人诠释吧。

1. 名利超脱。此友关于名利的超脱体现在以下几点：一是不与人争名，不与人争利，无论在工作中或与人交往中，凡名凡利都从不与人争，让人得大头，从不争先进、争职称、争晋升；二是他只将职业作为一个社会人身份，因此友已有车有房，衣食无忧，以及隐于市的手段，而非人生手段及人生价值体验器；三是他从不与人在名利上有任何纷争，因一个人只要不争名利也不会与人有任何矛盾了。为什么说人死了才没有矛盾，主要是人死了不会再与人争名利了。

2. 人情超脱。此友除了几个很近、准备终身交往的朋友及血亲外，不与任何人扯人情往来，他自己家有什么婚丧嫁娶、生日、生子、上学等红白事，除以上极少数的两类人外从不告人、张罗、请客，若是一个办公室或常见面的人，他送些小礼物，既不吃人家的，也不要人家还（别人也没什么可说的了），这样他在人情上很是超脱。不要小看这一点，要知有多少人陷入了巨大的人情债，一生不得安宁。其实钱大部分送给了餐馆及专业公司，自己所得甚少，得到的只是一辈子的人情债及操办时的身心憔悴。

3. 友情超脱。此友友情超脱体现在三个方面：一是除三两知己外与任何人不深交，只限在熟人范畴，保持一种进可成为知己，退可成为路人的距离；二是不对朋友抱任何利益需求或希望，更不会提要求，这样你就不仅不会失望，还有利友情长久及轻松；三是不与朋友共利，主要是不在经济上合作及给钱（有困难帮钱），因借钱、共钱（经营投资等）必将失去朋友。另外，他还宽容朋友的一切，以及从不要求朋友以友情待之，将别人定位在不在受胁迫或自私的情况之外不害自己就行了。

4. 仇、妒、气超脱。此友一是不仇恨任何人，不与任何人为仇，他做到了不仅爱敌人也爱仇人，并能理解、可怜仇人（害人之人）的低素质，明白如你复仇等于同降为低素质之人。二是在妒上超脱，从不妒任何人，因他明白身边的人、认识的人（妒总是发生在这两类人身上）越发达、越成功、越优秀对自己越有利，起码你认识他要比陌生人强些吧。他向我谈到不知为何许多人嫉妒身边人使己不得开心时，眼中露出对那些人深深的同情与哀怜。三是气上的超脱。此友从不生气，从不抱怨，从不对人有意见。他认为别人惹之生气、生怨，那是那个人或你自己素质有问题，他明白生气是拿别人的错惩罚自己，是愚昧人的第一大愚行，吾不愿为之也。

5. 对别人的目光、评价超脱。此友从不活在别人的目光里、评价中或价值观及生活模式中，他本着做事“三不违”（法律、他人利益、自然环境）的原则，“走自己的路，让别人去说吧”。

人生的三个监狱

说起监狱，人们自然想到的是森然的高墙，荷枪实弹的看守，手铐脚镣的束缚，自由的限制甚至生命的被剥夺。当然，这样想并不算错，不仅中国的监狱是这样，我去参观的外国的监狱也是这样。现在的监狱、古代的监狱多是这样，历史典故中的画地为牢也只是传说，而非正史（正史也大部分有假）。至于唐朝皇帝放数百名死囚犯回家跟亲人团聚后再来守法，到时一个不少回来的事，那也是开恩或时间上的特赦而非以家为监。但是，人生的监狱不都是人能够看得见的，有高墙、有卫兵把守，却又是人人尤其是成功人士极易陷入无形之监的，下面分述一下人生的三个监狱。

1. 社会监狱或法律监狱。这就是指上段文字中所讲的，人们心中的监狱概念即以高墙、看守、哨兵为特征的有形监狱，是用来限制人们身体自由的监狱，是国家暴力机关的组成部分，也是大家都熟知的，不是我本文主要讲的重点，就不再多说了。

2. 生活的监狱。生活的监狱没有高墙并不限制人身自由，进了这种监狱的人不在少数或不少人还是自由职业人士。生活的监狱包括四个内容：一是那些生存极端困难者，他们的生活条件像监狱一样差或比监狱还差或像狱犯一样为生活所困不得不被人廉价地役使或不停地在恶劣条件下劳作。当然，这类是可怜的，值得同情的，导致此的原因是主客观共有的，且客观占多数的。二是名利之狱，这些人将自身价值定位在名利上，一生为之不顾一切或将之作为人生的全部价值所在，自然被这些名缠利锁、束缚捆绑，成了名利的囚徒。三是烦恼的监狱，欲望是烦恼之源，你只要有名利上的欲望，只要不停止对名利的追求，你必然烦恼无限：自己得不到的烦恼，上级不公正带来的烦恼，竞争对手带来的烦恼，当然还包括理想、气恼、仇恨、后悔等负面情绪。四是追逐名利带来的苦累、麻烦或身心疾病，如同监狱给你带来的劳累之苦、病痛之苦、（杂事太多）不自由之苦等苦一样，使自己陷入比监狱更苦的苦恼中。

3. 心灵监狱。就是自己在人生中，做了缺德、损人、欺骗、欺人、违法或罪恶之事，使自己的心灵（灵魂）陷入监狱之中，即不安、恐惧、担心、受怕、愧疚、噩梦等之中。其具体表现为：一是睡眠不好，一宗教学家说，睡眠不好是心灵受煎熬即心灵进了监狱的明显特征。二是担心别人的报复，因这类人（多是在名利上的成功人士，因为富不仁、为官不仁）在对名利的追逐中负有原罪，又不择手段自然害怕别人的报复。三是有因追逐名利而未尽人子、人夫（妻）、人情（性）之处，即对爱情、亲情、友情、人情的亏欠之处，到老了明白、觉悟时，留下的只有悔恨，即自己进入了心灵监狱（煎熬）。

人生如何重“三理”

“三理”并非是约定俗成的词，故需要对其先作解释。“三理”是关于人生的生理、心理、哲理。如何重视人生至关重要的“三理”？就是要从认识上、知识上、方法上、重视程度上加强或提高到一个很重要的位置，或为之投入尽可能多的精力、心力、智力。下面分别谈谈如何重视这“三理”。

1. 生理。如何做才能称得上重视人生的生理问题呢？所谓生理问题说白了是健康问题或如何维护健康、重视健康的问题。一是需树立一切为健康让路的理念，将之摆在升官发财、出名、爱情之前，想想你升官发财出名的目的，无非是人生幸福，而人生的幸福又需以生理健康为基础。就说爱情吧，对对方最大的爱是身体健康，因不仅不会拖累对方还可照顾对方。在此我还不嫌啰唆地重申我多次说过的话：健康不代表一切，但没有健康就没有一切。二是要有营养学、预防医学、临床医学等知识。无之，你再重视也解决不好生理问题，即维护好身体健康。三是要有理性、节制、意志，认识上去了，各种知识都有了，你如没有理性、节制、意志，你同样是解决不好生理问题，即不能算重视人生生理问题的。当今社会只要说起健康，恐怕无不是说其重要，但又有几个人能做到节制饮食，坚持锻炼，起居规律，拒绝自戕（烟酒、熬夜、饱食）及将升官发财为健康让路。生理的关键在一个“能”字：能锻炼、能娱乐、能规律、能节制。

2. 心理。关于如何重视心理问题我有以下几点看法：首先，要提高对心理问题的认识。一是要认识到心理健康是生理健康的基础，因80%的生理疾病源于心理问题；二是要认识到心理健康是幸福快乐的基础；三是要认识到心理健康是成功的基础。其次，如何重视心理问题。一是要学习心理学基础知识；二是要定期看心理医生、做心理咨询；三是要注重心理健康。心理保健最重要的是在于一个“净”：心净、气净、神净，由净入静，重在正、善、宽，即心正、心善、心宽。

3. 哲理。哲学是百学之母。记得有位社会学家兼人类学家说过一句话：世上一个人乃至一个民族的最终竞争是竞争哲学能力。而本文所说的人生“三理”的基础之理，即哲理。这里所说的“哲理”实质是省去了一个动词或名词动用，意为明哲理之意。“明哲保身”是公认的哲理之一，这个保身当然不仅指生理（身体健康、平安）而且指心理（健康、安宁）。哲理即哲学之理，哲学是关于人生诸问题的学问，是对人生诸问题的思考，其最高层面是哲学智慧，简称哲智，其是智慧之上的智慧。哲智的内容也有很多，重要的是“七知”：知人（人生最大的能力是识人的能力）、知己（人生最大的难题是“认识你自己”）、知天（人生各种规律）、知地（社会人生的各种变化）、知足（知足为富）、知止（知止为圣）、知退（知退为神）。这“七知”中最难得又是知退，中国最古老、最深奥的《易经》学中，最大的学问是七个字，两层意思：一个是“变”字，另一个是“功成、名遂、身退”六个字。知足，使我们在有限人生里懂得珍惜；知也使我们在莫测人生中懂得避祸（祸莫大于不止）；知退，使我们在欲望人生里懂得超然。

一个人，无论他想幸福还是成功，哪怕想平凡，如不重视这“人生三理”（也可称“生命三昧”），他的人生哪怕有再好的出身、再多的知识、再难的机遇，他也会充满不幸，无非是其中滋味非人人能懂罢了。

人生较愚蠢的几件事

人有一个共同的劣根性（包括作者自己），就是觉得自己比实际聪明、有能力，这个程度恰恰又与此人的智慧程度成反比，如智障或白痴还有小孩子。我在此谈谈人生较愚昧的几件事。

1. 怨父母贫穷或不好。不少人易怨父母不好——家庭贫贱之人，从小易于潜意识地怨父母没本事、不如人，家庭富贵的常怨父母不理解自己或束缚自己或对自己不好，且这个问题带有普遍性（跳出此愚，幸福指数立马大增）。其实，这个问题是人们从人生开始就极易陷入的第一个愚昧，无非是不到老时或终身都不得开悟罢了。因为一是父母将你带入这个世界是不会同你商量的；二是父母无论如何你都改变不了；三是父母如何是他们那一代人的事，你管不了，且他们即使素质不高、能力不强也是有多种原因的，并非全是他们的错；四是无论如何我们对父母都要感恩、不能埋怨，而真正的感恩并非你为人父母或父母不在了才知道，那不叫真正的感恩，而是尽早感恩、从小感恩，才不致沦入愚蠢。

2. 不满意自己的长相、身高。尤其是女性。其表现一是对之如同心里或身上某部分的刺，一碰就刺痛；二是为之不自信，如像长得不好或某部位不好，就一切不好，从而失去了人生的信心；三是为之自卑，觉得处处低人一等或遭人看不起或耻笑。为什么说这是人生较愚蠢之举呢？首先人的长相不可改变，为不可改变之事揪心、烦心、失去信心，不是愚蠢又是什么。其次是长相与一个人的幸福及成功关系不大，包括婚姻的幸福及成功，如果一个人因你长的好坏（或个人高矮）爱你或不爱你，还是离他（她）远点好，无数历史事实证明：凡因长相而相爱或结合的，无不以不幸结束。

3. 在意别人的想法或眼光（看法）。有部分人不是为自己活，而是为别人活，其本质是失去了自我，他们在人生或生活中处处或较多处注意别人怎么说的，怎么看的，怎么做的，或别人都有什么，在意什么，不屑什么，等等。自己的追求、快乐、幸福、价值似乎全寄托在别人那里，甚至欢喜着别人的欢喜，忧愁着别人的忧愁，快乐着别人的快乐，幸福着别人的幸福。这是人生最大的愚蠢之一：一是别人太多，不可能都能了解你；二是别人的构成层次太复杂、相差太大不可能达到意见一致；三是别人的这些与你的幸福成功没任何本质联系，只是智慧觉悟达不到的人将之人为地捆绑罢了；四是你无论如何坏还是平庸都会有人否定你、抨击你，因为人性的自大使之习惯于否定、非议不如己的别人，另一个是人性的嫉妒使人习惯于抨击、非议超过自己之人。故在意别人的想法及眼光，只需用两个字概括：愚蠢。另外，这样的人最典型的是无论干什么都不易成功，记得有个典故叫“筑舍道旁”，说的是有人在道旁建房，过路人议论如何好、如何不好，他改来改去，三年都没建成。还记得有位哲人说过一句话：跟在别人后面久了，做不成别人，肯定也找不到或做不成自己了。

4. 不能终身做到一切为健康让路。因为一是健康是人类最大的物质财富；二是健康是成功、快乐、幸福的基础；三是健康不可逆转；四是健康不能代表一切，可没有健康就没有一切，不信你仅牙疼脑热一下试试就知。说其是人类愚蠢的原因：一是大多人认识不到，仍然前半生用健康换钱（权、名），后半生用钱换健康；二是能认识到但做不到，说起健康的重要性头头是道，但在利益面前，上级面前，重要客户或人物面前，都化为虚无，且易好了伤疤忘了疼，直到彻底失去，悔之晚矣。

5. 忘记了物质成功的目的是什么。生活的理想是理想的生活，物质成功的目的还是提高生活质量，而较高的生活质量是必须以健康、闲暇、家庭和睦、子女教育成功、人际关系和谐、生活的情趣有个性为前提的。

可是人们为了物质成功又以牺牲以上这几点为代价，如同希腊神话传说中的西西弗斯推石上山，滚下来再滚再推，一直在做无用功一样。这些愚蠢的人一边追求物质成功，想过上好生活，一边又在以毁坏生活质量为代价。

6. 将爱情或婚姻画等号或对婚姻期望值过高。许多人尤其是女性易将婚姻与爱情画等号或对婚姻期望值过高，从小就憧憬牵着白马王子或美丽公主的手走进红地毯，从此幸福一生。这样过高的期望值或不切人生实际的愿望恰恰是导致婚姻不幸的愚行之一。原因是这些愚蠢的人儿根本不懂以下几点：一是婚姻是现实的，爱情是超现实的；二是婚姻是琐屑的，爱情是浪漫的；三是爱情是距离产生美，婚姻的无距离导致的是失望、后悔、厌倦；四是人类厌得重失的劣根性，使之都不会很在意得到的东西（哪怕再好），也会十有八九对对方不满，且由不满生恼怒、后悔、挑剔、争吵、失望乃至仇恨。

当然，人生愚蠢的事还有很多很多，我只在此罗列几件人类最易发生的最具普遍性的愚蠢的事。可惜许多人一生（至少是大半生）不能清楚，极少能清楚的人也极难避免，因免之需要很高的智慧及哲学基础，这需要人们终身学习、思考。

人生三大平等

记得卢梭有本《论人类不平等的起源》，这本书从侧面说明了人是生而不平等的，如人从出生的那一刻起自己美丑、强弱、健残、穷富、贵贱、智愚等，更不要说以后长大了社会化后，人的等级更明显，也即更不平等。但世上的任何事物都是相对的，上帝为你关一扇门必为你开一扇窗，也即在人生的许多不平等之处，还有许多平等，尤其在人生的大处或大的方面。下面我专门谈谈人生的三大平等之处。

1. 时间面前人人平等。关于时间面前人人平等的概念或内涵有三：一是时间单位是平等的，如都以年、月、日、时、分、秒计；二是每天的24小时是平等的，谁也不可因贵贱富穷多一分钟或少一分钟；三是给每个人的生命时间长度并不受富贵、贫贱影响，都是几十年，相对长短也与富贵贫贱无关。我在此要说明的是为什么将时间平等列为人生三大平等的第一位，因为时间是人生最大的、最有价值的、最宝贵的财富。为什么这样说呢？因为一是人最宝贵的是生命，而生命又无非是几十年时间；二是世上的一切有价值的东西如知识、财富、智慧、技能等，无不是时间的结晶；三是世上的一切真理、谬误、欺骗或真情假意，都在时间面前最终得到论证。

2. 真理面前人人平等。这句话似乎人人都会说，人人都懂，其实则不然，仅仅是会说的人多，真正能懂的人不多，因为作为人生第二大平等的真理有三个特点：一是真实性；二是科学性；三是公平性。它不会因人而异，更不会因权而异，无论你承认不承认、认可不认可或懂与不懂，它永远是真理。真理面前人人平等的重要表现之一是：不认识真理、不遵守真理、不捍卫真理的人，必将受到真理的惩罚，当然是在身心、功业、子女、幸福、快乐、平安等人生的重要的方面，不一定在哪一个或几个方面惩罚罢了。

3. 道德律、规律、大自然面前人人平等。对任何人都是平等的，其平等的最典型体现就是谁不尊重它、敬畏它，它将对谁进行无情的惩罚，无论你有多大权、多少钱、多高智商或多么阴险狡诈，它都会平等地即公平地惩罚你或护佑你（当然对敬畏、尊重它的人而言）。

人生找到哪三个人可使你幸福成功

记得有位哲人说过：一个人的财富及幸福度，取决于经常同他一起吃饭的家人外的三个人的平均数。这句话的意义很深刻，但有一点也很明了，就是你接触什么样的人，最终你也会变成什么样的人。在这篇文章里，我不是要说与什么样的人相处或相交的问题，我要说的是找到哪三个人，可以使自己一生成功、幸福。

1. 追赶的人。这是你身边的人，你熟悉的人，与你有牵连、瓜葛或敌对的人，这类人多是你的亲戚、同学、朋友、战友乃至家人、亲人或仇人。他们都是走在你前面，给你做出了可望又可即的榜样，不仅使你可以追赶，而且给你信心，因为从他们身上可以看出他们的天资、出身、机遇都不比你自己强多少，无非是他们的努力使然。另外，他们的成就也给了你成功的欲望，使你不懈追赶之。我有一熟人，中等师范毕业后在乡下教书，原本最高目标是调进县城当个老师，没想到同村比他晚两届的校友当了教导主任、校长、教育局办公室主任直至正处级干部，他一直追赶这位校友，沿着这位校友的线路追了半年。

2. 期盼的人。这类人包括两个方面。一是爱的人，其是决定你衣食无忧后80%的幸福；二是欣赏你的人，即能教导你的人，其能使你更成熟、更智慧乃至少走弯路。

3. 仰望的人，即是你人生的一座路标、一盏航灯、一个神话。因追赶的人可追到头或超过他，期盼的人得到后或得到帮助后也难再进，只有仰望的人才能永远矗立在高处或远方，给你方向、给你激情、给你永远的动力，使得你不迷失、不迷落、不迷愚，更不会自大自傲自满，像地球引力那样，使你不乱向；像鼓乐手那样，使你激昂奋进，不断成长、向上。

人生的三个延伸物

人生三样东西最重要：身体（包含生命）、心智（心理也即精神）、灵魂。因为身体（生命）是根本的，精神是需要的，灵魂是重要的。对这三者，一般人都懂，稍有层次品位的人，都会明白看重或珍惜之，但是关于人生这重要的三样东西的延伸物，则不一定是人人皆知的，包括有较高学历、较高文化的人，也不一定都知道，下面分述之。

1. 金钱、房子是身体的延伸物。为什么说金钱、房子是身体的延伸物呢？因为身体是人生最大、最珍贵的、最明显的物质财富。一切物质财富都是为身体服务的，是身体的延伸物或滋养物（为之服务的），这是其一。这样说的第二个原因是告诫人们，尤其是那些为升官发财而以健康为代价或不顾身体、不知、不重、不善保护身体的人，要分清物质上的主项，不能因小物（金钱、房子）这些延伸物而不顾身体这个根本物。我有一友，从不与不重身体（如抽烟、喝酒、熬夜、肥胖及不运动，不懂保健知识或懂而做不到）的人交朋友或合作共事。

2. 幸福、快乐是心智的延伸物。人在基本需求、食性安全等满足之后，无不追求幸福快乐（其实基本需求有些与幸福快乐是交叉的或基础的），但有相当的人不知道，幸福快乐是心智也即精神的产物。幸福学家研究表明：幸福是一种积极、智慧的心理态度。而这种积极、智慧的心理态度又来自一个人健全的、超人的心智，而这个健全的、超人的心智又来自你知识、见识、阅历、思考（想）、哲学、艺术修养等的综合结果。离开心智这个根本物，一味地去追求幸福、快乐这心智的延伸物，那几乎是不可能的，因是舍本求末的。这是许多达官巨贾富贵之人反没凡俗人快乐幸福的根因之一。

3. 境界、高贵是灵魂的延伸物。一个人如果没有灵魂，那他就是个行尸走肉或禽兽。灵魂一词在词典上的解释是指生命、人格、良心、心灵、思想等，也比喻起主导和决定作用的因素。宗教认为是附在人的躯体上作为主宰的一种东西，灵魂离开躯体后人即死亡。关于宗教上的解释是有些不切实际的即唯心主义的，那么灵魂用通俗的与生活贴近的话说，我却认为应是一个人应有的信仰、道德、公平、正义、人性善，以及人的应有的素养。为什么常用“出卖灵魂”来指责那些丑恶或罪恶之人，就是指其出卖了人应有的以上提到的那些东西。高贵（而非富贵）、境界，是人们在衣食足、过上体面生活后大部分有识之士的共同追求，而为什么现实中很少有人达到之，就是因为有许多人不懂得高贵、境界，离开根本去追逐末梢，那是不可能的。

总之，这三个延伸物，金钱、房子是末层的东西，人生如仅仅重视、追求末层即低级趣味的东西，你一生将只能在重复、乏味、痛苦、厌倦中度过。幸福、快乐、境界、高贵等人生更重要的东西，只在知、情、意齐头并进时方可达到。

人生有哪些特别需要明白的重大问题

我说的人生这些特别需要明白的重大问题，无论多么重大，也要让位于一个问题即肚子问题，一切问题在肚子问题面前都不算问题，但肚子问题是不需要弄明白的，是生下来就明白的，哪怕禽兽、蚂蚁也生下来就明白的问题。下面，我在此谈谈人生需特别要首先弄明白的几大重要的问题。

1. 从哪里来，到哪里去的问题。这个问题是柏拉图提出来的哲学问题。关于从哪里来，究竟是上帝造人还是生物进化，也没有一个令所有人信服的说法。关于人到哪里去的问题，简单地说只有一个：墓地。这个到哪里去并非只是身体的最终归宿，而是指人生的意义，即你认为什么才是有意义的人生问题，这是一个大话题，内容很多，限于篇章结构，我没法展开讲，概而言之，从小我的角度讲，是追求富、贵、名，还是追求生活质量、情趣、品位、境界、个性，则是人的两大根本区别。

2. 生与死的问题。生的问题只要不是智商有问题，人人都会考虑，但很少有人考虑这个生不仅指活着，而是如何活的有生机、有生气、有生意、有生活情趣、有生活品位、有生活意义。一是这里的死，并非仅仅是指身体僵硬了，进了坟墓，或如何晚死（长寿）、不夭折、不意外死，更重要的是能做到活时没有死或死尸似的活，即指那些只知挣钱、花钱购物消费之人；二是如何使自己死后仍然活着，即活在人们的心中，如华盛顿、谭嗣同、苏格拉底等；三是能正视死亡，不怕死、不惧死、视死如归，如西方有哲人认为“坟墓一定是个好地方，不然为什么人人都愿意去”，还有庄子为死亡鼓盆而歌；四是能设计安排好自己的死亡方法、时间，当然不是自杀而是梦逝、坐化（如许多高僧）。

3. 成功问题。这是个人人都思考、都期盼但极少有人能实现、能思考得清楚的问题，尤其是对不会思考、不善思考、不能思考的一些人而言，一说到成功自然只指升官发财的富贵及衣锦还乡、光宗耀祖、高高在上，其实这仅仅是在物质成功的范畴，其不关人生成功内容的任何一点。成功应是物质即衣食有基本保障前提下的身体的成功、婚姻的成功、子女教育的成功、道德的成功、素质的成功、生活的成功、个性的成功、精神的成功、生命的成功。物质不存在着成功不成功的问题，只关乎能否保证基本生存需求的问题，在能基本满足生存（不冷不饿着）后与成功也一样无关了。物质与成功的关系是没有基本物质生活保证的不能叫成功，但成功不关乎物质多少，尤其是在当今科技大发达、物质大丰富、很少有人吃不上饭的时代。

4. 爱情问题。告子说“食色性也”，即吃饭与性即爱情是人的本性或生命本能的需求，是人人哪怕傻人、病人、残人也追求的，但对芸芸众生而言，许多人的爱只是本能的需求，或对这种美好情感的追求，“问世间情为何物，只教人生死相许”，乃至“生命诚可贵，爱情价更高”，即为爱情献出生命的也大有人在，但世上很少有人将什么是爱情，什么是真爱思考清楚。爱情的定义很多，但其本质是对方利益与愉悦。对真爱的定义也很多，其本质无外乎四点：一是爱其缺点，二是容其伤害，三是一个人能将爱情进行到底，四是一切为对方的未来及幸福着想。达不到这四个境界你不是真爱，也长不了，仅仅靠身体的吸引或门庭的般配或财色的互补，那是超不过 18 个月的热度的。

5. 活着为什么的问题。这个问题自然有千万种不同的答案，如有的人活着为了动物式的吃穿，吃好、穿好、用好、住好；有的人活着为了“留得虚名后人钦敬”，如光宗耀祖、衣锦还乡；有的人活着为了先天下之忧而忧的大乘精神；有的人活着为了爱情、为了希望，甚至为了活着而活着……当然无论从哪个角度活着，这都是他的权利或是允许的。这个问题没有统一的答案，但是活着，只要不是苟活或像动物式活着，你就要思考这个问题。此问题虽没有标准答案，但应通过思考明白：仅为了吃好、用好即出人头地（物质成功）的活着，你是等于白活，起码应为尊严、个性、责任、自我及幸福而活着，而非为得到及占有而活着。

6. 自己最想要什么的问题。“鱼，我所欲也；熊掌，亦我所欲也，两者不可得兼。”其实，鱼与熊掌也并非人人都所欲（想要）的。如我一朋友从不吃好的、贵的、珍稀的，只求粗茶淡饭，将简单、简约、简朴作为生活中的最大追求。其实，每个人内心真正想要的、渴求的东西或生活都是不同的，因人而异的，你一定要思考你心灵深处真心或最需要什么、渴求什么，什么才是你真正想要的生活而非东西，如个性的生活，悠闲的生活，浪漫的生活，创造的生活，凡俗的生活，轰轰烈烈的生活，大起大落的生活，眼花缭乱的生活，等等，并尽量使你最想要的生活积极有意义。

7. 婚姻问题。这是每个人人生都不能回避，又是最难思考得清楚、解决得好的问题。有的人如刘邦能征服天下，使力拔山兮气盖世的项羽自杀，使“汉初三杰”臣服自己的权谋之下，但是在婚姻问题上却败得一塌糊涂。不要小看婚姻问题，它可是人们80%的幸福所在。可婚姻问题又是常人们很难思考得清楚的问题。但起码应思考明白以下几点：一是婚姻即浪漫生活的结束，是在争吵、厌倦中过日子；二是婚姻的最高境界是互相愿意陪伴到老，而非卿卿我我，齐眉举案；三是娶（嫁）她（他）同时也意味着娶（嫁）她（他）的全部缺点以及社会关系，不如此不能长久或不能有幸福；四是结婚后及时将爱情转化为亲情是其最大的能力和幸运；五是婚姻并非一劳永逸，在于以知识、智慧、心胸、觉悟等为前提下的经营；六是“婚”即“与女（男）结婚需以发昏为前提”，即在婚姻中难得糊涂，因在婚姻中要论情不论理，论情则四季如春，论理则时时如戟。

8. 幸福问题。这是个人生诸问题的大问题，除了生死即活着问题外，恐怕就是幸福问题了，因这是一个人在温饱解决好，个个都追求或潜意识追求的问题。这个问题太大，非几句话或几段文字能说清楚，我虽对幸福问题有些许研究，出版过《幸福是唾手可得的》一书，但对幸福问题仍然茫然或没有思考得很透彻。但有几个观点可与读者朋友商榷：一是得到与占有，如富贵等与幸福没有根本关系。二是幸福是一种（良好的各类人际）关系。三是幸福是一种良好的心态。四是幸福是一种良好的感觉（感觉幸福就幸福）。五是凡俗的人对幸福而言最易犯的错误是：幸福在自己眼里，别人碗里。总觉得别人比自己幸福。六是幸福是一种心理能力而非竞争能力。七是幸福最难得到又最易得到，它存在于凡俗的每个日子，每秒光阴，每件最简单、最常见的生活点点滴滴之中。

9. 得失、顺逆、福祸问题。凡人无不喜或想要得、顺、福，想远离失、逆、祸。其实，有这种思想的人，已经陷入万劫不复的痛苦深渊或人生悖理之中了。一是这两者对人生而言，永远如影随形；二是两者永远是相互转化的，热烈的夏后必是萧索的秋，冬天已经来临春天还会远吗？三是两者本身是互相包含的，福兮祸之所依，祸兮福之所伏；四是失、逆、祸恰恰又是一个人成长、成功，尤其是成大功、干大事、得大福之必需，且与之“三大”成正比，智者不仅会接纳它、顺应它而且会感恩它、珍惜它，使自己百炼成钢。记得一哲人说过：当痛苦无法回避时，智者会享受并转化、升华这种痛苦。

人生最重要的三项内容

人生有很多内容，我这里所说的是最重要的三项内容（用“最”不一定合适，因人生或社会上的许多事，都是仁者见仁，智者见智，故在此先作检讨），就是一个人在衣食基本饱暖之后，须一是立于礼，二是兴于诗，三是成于乐。下面分述之。

1. 立于礼。这个“礼”，就是人性约束，并非仅指礼节、礼貌、礼赞。人性约束分三个内容：一是法律约束。这是做人的底线，是最低道德，否则你就不是人而是兽了。二是道德约束。法律是有字的道德，道德是无字的法律。如果说一个人不守法就沦为禽兽的话，一个人不守德就沦为下流，就是没有尊严，就是不将自己当人。三是灵魂约束。如果说违法违德是人听得见、看得见的言行的话，那么违灵魂则是神听得见、看得见的言行。如果说违法、违德会受到法律及因果惩罚的话，违灵魂则要受到心理惩罚。故一个人立于礼即人性约束或约束人性中的劣根性及原罪是人生这三项重要内容中的第一位。

2. 兴于诗。即指诗意地栖居。诗意地栖居，首先指一个人的生活要有诗意、要浪漫、要跳跃、要凝练、要简约、要有韵味、要深刻。其次是指在任何时间里即在生命的每分每秒里都能诗意地栖居，而非仅在成功时、顺利时、得意时、健康时。如曼德拉在狱中仍能诗意地栖居，海伦在盲残时仍能诗意地栖居。

3. 成于乐。即指快乐人生。将快乐作为自己成功的内容，即视快乐人生为成功人生。成功人生不一定是快乐人生，而快乐人生一定是成功人生。快乐人生的内容有：做自己喜欢的工作及事，见自己喜欢的人，能自由支配自己的时间，健康、婚姻、子女教育没问题，精神生活（阅读、思考、创造、欣赏、宗教）丰富，自我价值在一定层面上能实现，即达到此境界了。

国宝级珍贵文物主人的命运揭示的人生哲理

鄙人虽善收藏，但有三个原则：一是从不收藏真文物，因为一个是买不起，另一个是易有心理负担，再一个是也搞不清真假（文物专家也不一定行）。包括友人送我的，只要说真货，我一律不要。二是不收藏当代有名艺术家的艺术品，真正的大家都是超出当代的，即在当代是不可能被众多的人所欣赏、所认识到其伟大价值的，如梵·高一生卖了一幅画还是其兄弟为安慰他买的。三是收藏文物或艺术品需符合两个条件：能引起自己愉悦且得便宜，一般掌握在200元以内，至多不超过500元，这与自己的收入相符，也不至于有许多后遗症。这样做自己也从不论对错，也不知对错，但最近从我研究中国不少国宝级珍贵文物的收藏史，发现自己这样做真正的对了。当然，我写这篇文章的目的不在于此，而是想阐述中国国宝级珍贵文物主人的命运所揭示的人生哲理。下面，我先说说几件举国闻名的中国国宝级文物主人的命运。

1. 先谈谈西周的毛公鼎，距今已2800余年，其立耳、深腹、圆底、蹄足、环纹加弦纹，工艺古朴无华，造型浑厚而凝重大方，还有499字铭文（古鼎价本身价外，还要按字加价），晚清著名收藏家陈介祺收之，传子陈厚滋，后被清两江总督端方骗讹去气病而死，端方得到后在1911年被革命起义新军所杀，后得之的北洋政府交通总长叶恭绰也因之被捕、流浪几险送命，后交“中央博物馆”（现在台湾）。

2. 虢季子白盘。为淮军将领刘铭传在马槽中发现。其是我国目前最大的古代铜盘，色彩斑斓，造型古朴、气势雄伟、端庄厚重。盘内铭文书体精美，语言简练、句式工整、韵律性强（散文诗）。传其四代孙刘肃曾时遭国民党安徽省主席刘镇华威逼利诱、毒打，随之日本人威逼，抗战胜利后新任国民党安徽省主席、原十一集团军司令李品仙派一营军队驻扎（包围）刘家，刘逃跑后被挖地三尺，后又遭到上千土匪的围攻，几丧性命。1950年交新政府。

3. 有两件被称为“重器鸿宝”的西周铜鼎“大盂”“大克”，与“毛公鼎”一起被誉为“海内三宝”。左宗棠得“大盂”后遭陷害险些丧命身亡，幸得工部尚书潘祖荫救命，为报恩送之，后潘又购得“大克”，生前多次被逼险遭杀害，死后家人偷运苏州，又被官匪相逼而偷埋外逃，日军一天来潘家刨地7次之多，于新中国成立后献国家，1952年入上海博物馆收藏。

4.《平复帖》是中国传世书法真迹的魁首，是西晋大文学家陆机所书，距今1700多年历史，比《兰亭序》（被唐太宗李世民带进坟墓）还早60多年，民国四公子之一张伯驹得之，后30万大洋（当时可买30万亩地）不卖，但不久被人绑去，索40万元伪币，被绑8个月九死一生后赎回，新中国成立后捐献国家。

本来还有千千万万这样的例子，国宝及得主的名字不同，但其占有者及文物的命运大致相同：为得宝倾尽所有，得宝后要么搭上性命，要么九死一生或天天生活在惊恐之中，最后都还是捐给国家，为全民族或全世界所共有。由文物之宝推及当今全社会人几乎是人人珍爱的“宝”即金钱，多少人为得之不惜以人生最重要的健康、亲情、人格、生活质量等为代价，得到后不是以生命、健康、子孙不成器为代价，就是整天生活在担惊受怕之中，最后都还是反馈社会。

第二章 婚恋篇

为什么爱情叫爱河

无论是在文学作品，还是在弦曲或人的口头中，常将爱情叫爱河，如共渡爱的河，在爱河中漂流，共涉爱河，等等。我时常在思考这样一个问题，为什么从古到今人们将爱情称为爱河，而不叫爱山、爱林、爱空呢？分析其原因觉得爱欲与河流有以下相同的七大特征。

1. 都能给人带来欢乐方便，但易使人沉溺。河同爱一样，都能给人带来戏水（相戏）的欢乐，交通的方便、洗涤的方便（男女相处相爱也有许多互补性方便），但是每年在河中溺死或遇险的人并不在少数，如同在爱欲（色欲）中，将自己的事业或生命毁在床上的也不少。

2. 不易自拔。人们在河中戏水常常流连忘返，爱情也是一样，一旦陷入，尤其初恋或热恋时对凡俗的人而言，眼中只有两人世界，什么父母、工作、学习、朋友统统丢到爪哇国去了。

3. 爱像河水能浸入最深处，还能浸入林的最深处、山的最深处、海的最深处乃至空的最深处（化作气时），爱情也是一样，浸入身的最深处、心的最深处、灵的最深处，使人刻骨铭心如痴如醉。

4. 难渡越。有些河流如同有些爱情一样，很好渡越，但有的爱情像许多河流一样难以渡越，要么修桥（投入很多时间、精力、财力、汗水），要么你船技很高（情商高、性商高、智商高等），否则你只能望河（爱）兴叹，一生也难渡到河的彼岸，只能隔岸观花，不能抱得美人归。

5. 河水能载舟亦能覆舟，如同爱情既能成就对方，又能毁掉对方。如同一作家说：每个成功的男人背后必有一位伟大的女性，但一个不伟大的女性，也能轻易毁掉一位伟大的男性。想想古今中外，成在女性手里的男性（反之女性也一样）不少，败在女性手里的男性也不少，同河水既能载舟又能覆舟是一个道理。

6. 既柔情似水又浊浪排空。河水在更多的时候是静静地、缓缓地、温柔地流淌，不时溅起美丽的浪花，但有时却浊浪排空，如万马奔腾，所到之处淹没村庄，淹死牲畜甚至人。如同人们爱恋中与热恋时，“柔情似水，佳期如梦”，但到反目或矛盾时，又互讽互伤互殴甚至互杀。

7. 河水虽柔虽美虽令人欢乐，但不能流连，如同爱情虽然很美好，也不能当饭吃，只能当作人生的一项内容，生活的调剂品，如同人在河中戏水，若沉湎其中老不上来，不是饿死就是淹死。

8. 戏水、渡河都只能是一时，重要的是赶路或上岸后的生活。爱情也是此理，山盟海誓，如痴如醉，爱得死去活来、激情澎湃的恋爱也只能是一段时间，要么分手要么走进婚姻，无论哪种情况出现，都不可能在爱（河）中不上岸，此时最重要的还是赶路或生活。

可使爱情友情长久的六要诀

人生至重莫过“三情”，即亲情、友情、爱情。亲情除非决裂到心死或刑事案件的地步（杀人案中约六分之一是亲人间），一般都可维持，因血浓于水。但爱情与友情则不然了，要想维持长久（一生）的爱情与友情，不仅需要真情，更需要方法与智慧。下面我说说可使爱情、友情长久的六个要诀，以供读友参考。

1. 距离。从美学的角度讲，没有距离就没有美，但从感情的角度讲，也是同理，没有距离就没有长久的友情、爱情。因为人性是近则怠，仆人眼里无英雄，就是爱得死去活来的两性之间的爱，经常在一起 18 个月后身体便不再分泌相互吸引的一种化学物质了。这一点大音乐家《悲怆交响曲》的作者柴可夫斯基做得较好，他与梅克夫人热恋到狂热的地步，但经常能做到隔草坪不见，怕见多了爱情也被销蚀光了。

2. 愈久愈敬，愈热愈敬。人们最易犯的错误是：友人、恋人关系越好越随意，越认为对方不会计较，岂不知一是关系越好他对你期望值越高，即越易失望；二是若你不在意注重敬他，他会极易认为你还不如别人或已不拿他当回事了；三是对你不满一次将在你俩关系中留一次伤痕，伤多了就会发炎或结痂。故智者对这两种情感会愈久愈敬，愈热愈敬。如晏子对友人爱人敬重程度与时间和关系成正比。

3. 定位低。人们葬送友情爱情最常犯的错误是：认为对方与自己好到这个程度，应该在各个方面都对我好，即将对方对己的言行定位高、标准高，且按自己的思维设定这个标准（人与人之间思维差别很大，尤其是男女思维差别更大），故时间久了双方都易对对方失望，失望多了的结果是什么，就不言而喻了。

4. 宽容对方的一切。两人关系越密切，看到对方的缺点越多，对方的失误越多，对对方失望越多（要求越多之故也）。故如不宽容对方的一切，这份情将很快走到尽头，因为事情走到极端必然要向另一方面转化，友情、爱情爱到最浓处，如不宽容对方的一切，很快就要走到事物的反面。

5. 不能共利益关系。这里所说的共利益关系，并非指两人间的互相赠予、帮助，这些无非通过物质或时间来体现，再者，仅说爱的定义，也是能给对方带来利益与快乐的东西。这里所讲的两人间的不共利益，一是指不共同做生意，生意就是牟利、讲利、斤斤计较于利，无论你两人感情再好，只要一起做生意，这份情很快就要走到尽头且连普通朋友也做不成了，尤其是朋友间，男女间有时还有例外，但一方心里也很不悦。二是不要借钱，借钱给朋友等于失去朋友，十有八九不会在你期望时还的，且多数是还不上的，因借钱解困证明他的无能、做生意借钱证明他的无智。无能、无智之人是很难按时还上你的钱的，尤其是大笔钱，当然朋友爱人间有困难不能无动于衷，妙法是帮钱不借钱。三是不要让对方代管贵重财物，贵重财物一个是人人觊觎，另一个是易失易使人贪，很难完璧归赵。这样，都易使你俩的情走到尽头且反目成仇。

6. 一个人将之进行到底，即无论爱情还是友情，认定一个人后不计较对方好坏，尤其是对自己好坏，一个人愿将、能将、乐将此情进行到底，即理解他、包容他、呵护他，从对他好中能得到快乐及满足。

婚姻多冲突的根本原因

中国的离婚率经历了三个高潮，即“三初”：新中国成立初、改革开放初及21世纪初，目前一些城市离婚率已超三分之一，且全国平均呈上升趋势，更重要的是婚内冲突普遍大有与时俱进愈演愈烈之势，还有许多冲突到婚姻死亡，但碍于“五子”（孩子、老子、面子、票子、位子）而不敢或不愿意离婚的，为数也不少。那么如此众多的婚姻冲突（离婚是婚姻冲突的最高体现，婚姻死亡碍于“五子”未离的是婚姻冲突的次高体现），其原因如以上说到是多方面的，但根本原因只有一条，就是：恋爱时男人允许女人不讲理，甚至还将此不讲理作为关爱之处，作为爱情的点缀，爱情甜蜜的内容，并以此为乐。男人还将宽容、哄不讲理的女人，作为对她好、爱她的具体体现，并乐此不疲。可是婚后男人一下从男人转变成丈夫，从奴隶转变成将军，好脾气一下就没有了，同时也认为自己心仪的女人到家了，万事大吉了，可以全心到社会上打拼了。可女人呢？此时还在做梦，还从情人角色迟迟不愿意转到以柴米油盐酱醋茶为主的烦琐俗事的妻子角色，还在耍脾气让丈夫哄，对此有种形象的比喻：男人已从百花的春天进入秋天，可傻女人还在春天徘徊。结果女人不仅大失所望而且自讨没趣，如此心生怨恨，认为男人变了，更重要的是变心了，不爱自己了或有别的女人了，虽然不直接大吵大闹，但也疑神疑鬼，更重要的是心生不满、失落、怨恨、后悔（嫁错了），而这些负性情绪无论说与不说，必然会流露在日常行为中，这也使男人心生反感，冷落或不满于她。这样两种恶性循环，不仅导致婚姻冲突，而且导致婚姻冲突的不断升级。

面对这婚姻冲突的根本原因，说难解决也难解决，说容易解决也容易解决，其办法一是双方尤其是女人要明白这个道理或现实，从认识上先到位；二是作为女人，尤其是作为此冲突中主因的女人，一定要及时从浪漫幻想及不现实中走出，要正视并接受这个现实；三是作为男人，一个是同女人讲清这个道理，同时也要尽量给女人浪漫，还继续容她并哄她的不讲理；四是双方都要注重提高经营婚姻的能力。请记住有位哲人的一句话：结婚的能力几乎人人都有，可经营婚姻的能力只有大智大能者才有。

爱情天长地久的六要件

说起爱情，没有不想天长地久的，尤其是对情窦初开的年轻人、对其中的女性而言。但是爱情又是很难天长地久的，一是因为人们对爱的求新求变，特别是男人在漫长的人类狩猎期，长期在外狩猎形成的滥交；二是两人有性以后最长 18 个月以后，两人身体内便不再产生一种相互吸引的物质了；三是熟悉销蚀性欲或没有距离就没有美，长时期两人耳鬓厮磨、赤身相见，已没有了两性之间的神秘，而神秘则是异性爱的根源或原动力；四是爱情爱强的原则易使人移情别恋，至少是“恨不相逢未嫁（娶）时”，因为在婚后或两人相爱后尤其是爱到极致后的漫长时间里，男人肯定会遇到比自己爱的女人更漂亮更可人的，女人会遇到比自己的男人更高大优秀的，即使不“红杏出墙”或“越轨”，起码也移情别恋或看自己曾爱的人不顺眼了。如此几条就足以使绝大部分爱情超不过18个月，更不要说在漫长的生活或相处中的各种矛盾后，纠纷、困难对爱情的销蚀了。但是，任何事情都不是绝对的，爱情这个人间最美好的感情、最激动人的感情，人人都愿意天长地久（不仅仅是天长地久地在一起，而是能有天长地久的美好或激动）的感情，只要你能把握得好，是可以天长地久的，而世上也不乏许多天长地久的实例。下面，我说说能使爱情天长地久的六个要件，供有意使爱情天长地久的朋友们思考。

1. 必要的物质条件。爱情虽是精神范畴里的东西，但是也要有必要的物质条件。西欧有谚语：肚子饿了没耳朵，况爱情乎。爱必须是吃饱肚子以后才排在第一位的，“贫贱夫妻百事哀”，无数事实表明，艰难或低贱的环境最为销蚀爱情，但并非是钱越多越好，最好在“远离奢侈品，但又不缺必需品”的物质条件下。

2. 真情。没有真情，当初爱得无论再强烈，爱也不能、不会持久，这个真情又必须是持久的、坚持终身的真情，先不说有多少人有真情，即使有真情，但绝大多数也很难持久，因在得到后多易因不珍惜而会改变。先不说改变与否这个问题，先说说什么是真情，绝不是爱得死去活来“一日不见如隔三秋”就叫真情，真情有“五要件”，请读者朋友自身对照一下：一是一个人可将爱情进行到底，哪怕你不爱我、不要我时。二是爱对方的缺点，因爱优点人人都会，爱缺点真爱者才会。三是接受对方对自己不好，包括伤害，因你对我好，我才对你好，那是交换不是真爱。你不对我好包括亏欠我、伤害我时，我仍一如既往地、无怨无悔地对你好。四是一切为对方的未来（幸福）及成长考虑。以促使对方进步及与对方共同进步为准则，因为不成长（今日之我优于昨日之我）、不共同进步的爱情是很难长久的。

3. 理性。真爱需要理性，这个理性更多地体现在对爱的节制上，如果爱昏了头，爱得疯狂、爱得如胶似漆，那都是失去理性的表现，因为没有理性即不加节制的爱情不能持久，如暴雨不终朝，狂风不终日，细雨和风才能久。再如长跑获胜者无不是理性分配体能的人。

4. 能力。这里所说的能力包括知识能力、谋生能力、社会活动能力、职业能力、经营婚姻的能力，尤其是对男性而言，如果你是个窝囊废，在很多问题面前手足无措，那么爱情是很难天长地久的，无论你爱得多深、多真。

5. 胸怀。这个胸怀就是爱他（她）就要爱他（她）的一切，爱他（她）的一切就包容他（她）的一切，如同真爱中爱他（她）的缺点一样。因为一是人无缺点就成神了——神也有缺点，不信你看神仙因缺点被打下凡间的故事——天下没有无缺点的人，无非是你没走近别人无法发现罢了。二是相爱的人由于走得近，缺点自然发现得更多。三是要想到他（她）如没缺点还会要你吗？即当一个人对一个人十分满意时，另一个人对之肯定不满意了。这个包容不仅包容他（她）的丑陋、懒散、啰唆、无能、不良嗜好，还要包容他（她）的虚荣、花心、多疑、嫉妒等，爱他（她）的一切才能包容他（她）的一切。

6. 智慧。要使爱情天长地久，最重要的是智慧，使爱情天长地久的智慧很多，它同文化一样包括人生的各个方面，是关于人一切的东西，但其核心智慧有以下几点：一是有真爱的智慧。我上面说的真爱的几个要素，要能做到之，那不仅是情愫深浅的问题，而是需要智慧（而非聪明）的。二是保持适当距离的智慧。这个智慧的度很难把握，虽然不能像柴可夫斯基与梅克夫人那样隔草地只眺望不见面，但不能天天或经常在一起，就是夫妻也要除性外分床，也要尽量减少在一起的时间（除教育孩子需要外）。三是处理两人之间矛盾纠纷的智慧。要做到只论情不论理。恋人爱人之间无对错，争执、争吵、争打等于使爱情死亡或开始死亡，尤其要避免第一次争吵。四是有智慧认识到对方对你最大的爱的表现是其愿意陪你白头到老，无论这个人多不好或对你多不好，世界能有几人愿意陪你老、能陪你老，故要有智慧明白只要对方愿意陪你慢慢变老就是对你最大的爱，就应以感激之心待之。五是明白有爱就有矛盾，矛盾是爱的伴生物，就如同音乐之高低、天之阴晴一样。因为一是有爱就有较高的期望值，期望值高失望值必高，矛盾点必多；二是对方只能在爱的人那里尽情发泄自己的负性情绪，并非是不爱你了，看你不顺眼了。故有智者必视矛盾为爱情交响乐的一个音符。六是有处理好对方亲人、友人关系的智慧。一个人嫁了人（娶了人）或爱上一个人，实质还等于娶（嫁）了她（他）的全部社会关系，无论他们好坏，你都要接纳适应。许多人爱情的失败多在于此。七是有教育好子女及处理好子女在爱情关系中的智慧。这可是门很大很大的学问，也需要人有极高的智慧方可。

追求女性的五个层次

“哪有男子不钟情”，“十个男人有九个好色，有一个特别好色”，故追求女性似乎成了除有极高修养外的男人的本能。记得有个作家说过：追求女性的过程，伴随着男人生命的过程，当一个男人没有追求女性的冲动或冲动不强烈时，要么他已经行将就木了，要么他已经心死了。但是，就追求女性而言，从低到高又分以下五个层次。

1. 本能地追求女性。就是一种繁衍生命的本能的性冲动，这是追求女性的最低层次，即为满足本能需求而追求。具体地说就是对身边没有女性的男人而言，见到女性就想要（性）；对身边有女性的男人而言，是见到漂亮女性就想要。有素质或修养的，虽内心汹涌澎湃，痒得直打喷嚏，但是还能做到表面平静或温文尔雅，但是素质或修养差的，则要么动手动脚，要么两眼发直（失态）。

2. 现实地追求女性。所谓“现实”，就是追求这个女性能给自己带来利益或快乐或幸福。这是追求女性的次低层次，如果上一种追求是为满足本能（性发泄）需求的话，这一种追求是为满足自己的利益需求，如女性可给自己带来的物质利益（位子、票子、房子等）或精神利益（愉悦、快乐、幸福等），如现实中有的男人为攀高枝或为吃软饭或为了快乐需求的满足等。

3. 征服地追求女性。这类男人追求女性并非是为了本能的满足，他身边已不缺女人；也非为了需求或利益的满足，这些东西他也不稀罕或不在意。他是为了满足一种征服欲或占有欲，因为对男人而言，概括其一生无非是三大征服：征服世界、征服自己、征服女人。前两种如果是本能欲的满足、需求欲的满足的话，这样则是征服欲或占有欲的满足。

4. 抒情般地追求女性。抒情时代等于青春时代，所谓抒情般地追求女性，主要体现在女性身上寻求理想，而非像以上三个较低层次是本能欲、需求欲、占有欲的满足。所谓在女性身上寻求理想，一是指用理想的恋爱方式去追，而非以钱权开道，即追求的方法要多情、浪漫、有情趣、很个性、很奇特；二是指理想的女子，而绝非见女人就爱，见漂亮就上，见美丽就不顾一切，他虽然有万丈激情，也仅对自己认为理想的女性施情；三是为了理想的爱情或爱情生活，绝非是以上三种较低的追求层次是为了某种欲望的满足。关于这个抒情的追求中的“情”字，主要是真情、激情、久情、豪情、奇情，而非世俗的有性无情或有性不久情之情，或根本就是因为身体的吸引、本能的冲动而无情可言。

5. 史诗般地追求女性。所谓“史诗”，在这里应拆开讲：一个是像诗一样的追求，即在追求中有诗情画意，追求的过程像诗一样美好、浪漫、美感、动人心魄；另一个是史，在这里指长久、真实、永远。另外，这种追求的目的或动力，不是为了某种欲望或本能的满足，也非是为寻找理想的女性，而是寻求或探究女性世界的美性、灵性、贵性也即多样性（不像以上四者仅为异性）。这种追求不仅超脱了物性领域，而且超脱了美学领域，其表现出或代表着一个人面对自己、面对世界、面对别人的两种可能态度。

爱情的四大最高境界

凡是谈恋爱的人，无论婚内婚外，没有人不以为自己是真爱、大爱或是最高境界或做得最好的。其实也不然，那种认识无非是你自己的认识标准，这个标准是：对他（她）好，为他（她）做得多，但是是大处好、小处好或能否长久好，似乎不在考虑之列，更是少有人思考爱情的最高境界是什么。下面我说说爱情的四大最高境界。

1. 爱他（她）的缺点。爱情爱美、爱强，这是人人都能做到的，但这不一定能说明你是真爱，更非爱的最高境界。爱情第一最高境界是爱他（她）的缺点，爱优点人人都会，爱缺点是真爱、大爱之人才会有的，如父亲不会因为孩子丑、残、愚而不爱他（她），反之越是这样会越爱他（她）。爱情也是如此。

2. 对我不好时我不仅无怨仍对你好。因你对我好时，我才对你好；你不对我好，我也不对你好。那是交换，不是爱，更非真爱，如同人们做生意以物换钱或以物易物。其实，爱的实质除是给对方带来愉悦及利益外，就是奉献，且是不讲条件、不讲回报的奉献，且是持续的、长久的、无私的奉献，这种奉献绝不以他（她）对我好否为条件、为前提、为理由、为心理平衡点，只在给予中得到满足、快乐或心里踏实。

3. 一个人能将爱情进行到底。爱的最高境界之一是一个人能将爱情进行到底，无论对方是否爱自己、搭理自己、在乎自己，反正自己对其是忠贞不渝、痴心不改。一个人将爱情进行到底，当然我并不提倡像金岳霖对林徽因的痴心不改，但至少是永远将爱埋在心中，绝不会热一阵子算了。

4. 一切为对方的未来及幸福着想。哪怕对方不理解。这个为对方未来及幸福着想，主要表现在为提高对方的身体素质、知识、心理素质、能力素质、智力素质以及安全、平安、幸福着想、努力，并给其提供一切方便或条件。

爱情的找、遇、等

为什么中国人的离婚率高，不少地方的离婚人数高于结婚人数，即使没离的，因为面子、老子、孩子、位子、票子这“五子”也是同床异梦，婚姻名存实亡。其原因一是中国择偶的重门第、条件、男财女貌，不将爱情及性情契合放第一；二是中国人从政府到学校、家庭几乎不进行婚姻教育；三是中国过去从未有婚姻咨询师（近年才有）业务或职业，如遇有婚姻问题没有专业人士帮忙解决，问题只能越来越大。然而，这三个原因还不是最主要的原因，最主要的是没有处理好或分清爱情中找、遇、等的关系，尤其是对那些素质较高的女性。

1. 找。顾名思义即寻找、寻觅、查找、搜找之意，如同商品寻找买主，当品寻找当铺。这个“找”字拆开看，即一“手”执“戈”，不仅高度紧张、戒备，而且虎视眈眈，迫不及待，充满杀机、焦灼。其中有见　“猎物”就出“戈（击）”之意，无论“猎物”是否愿意或是否真正适应，先“拿下”填饱肚子（情感饥渴或性饥渴）再说，尤其是对维特般的青春少男少女们，异性的神秘更是对自己最大的诱惑，有的还没明白怎么回事，就“瓜熟蒂落”，木已成舟了。

2. 遇。如果说“找”中含着匆忙、焦灼、懵懂的话，那么遇则含着刻意或强求或潜意识地让自己在什么年龄段遇到一个什么样的人，而且是自己从小塑造的人，遇到则慌不择路、饥不择食，遇不到则寝食难安或寂寞难耐或哀怨不已，甚至怀疑自己的命不好，这样难免陷入焦灼状态，使自己坠入商品“找”买主的境界。这其实也是对自己缺自信或缺人生智慧的表现。正如张爱玲所说：无论你条件再好，也有人不爱你；无论你条件再差，也会有人爱你。

3. 等。将“等”拆开看是一个有品位、有智慧的人（“士”）在方“寸”之间弄“竹（竹子头）”，即很浪漫、很情趣、很悠闲地在等自己心仪的爱情。因这类人明白：时间多如水藻，越在意越抓住。记得冰心曾问34岁名满天下的铁凝有男朋友没，得知没有后，语重心长地告诉她：你不要找，要等。果然在16年后等到了心仪的华生。因为缘识不可寻，它是一种自然，一种前生的修炼，一种心灵的契合。等你在雨中，你来不来都一样令我心动。

第三章 关于男人与女人

为什么女生在学校更优秀男生在社会更优秀

记得有一句话是这样说的：女生在社会上遇到比学校更优秀的男生，而男生在社会上很难找到比在学校里更优秀的女生。其实，这句话的潜台词就是女生在学校更优秀，男生在社会更优秀（故男人找对象在学校里抓紧找，女生找对象应在社会上慢慢找）。那么，为什么女生在学校更优秀，男生在社会上更优秀呢？

1. 男女最美好的年龄是反向的。女性最美好的年龄是20岁左右，既清纯、温柔、美丽、善良，又含羞、真情，且冰肌玉肤、顾盼生美，最重要的是此时的女性还没有沾染或很少沾染世俗上的势利、拜物、贪婪，而且有大量时间读书弹琴运动，显得优雅有品位。男人最美好的年龄是在50岁左右，因男人40岁才更成熟、睿智、富有、沉稳，故两者最美好的年龄是反向的，一在学校，一在社会。

2. 女人到社会易被污染，男人在社会上日渐成熟。女人到社会上很快要考虑结婚、生子、房子、车子、票子、位子，即物质问题也即金钱问题，考虑金钱问题身上就难免有铜臭，难免为之委曲（甚至委身）求全，难免日渐势利、冷漠。而男人在社会日渐成熟，且日渐显出男人对这个势利社会的适应。

3. 大学是男生的成熟期。大学的男生还不成熟，因为那是他们的成熟期。不成熟即意味生涩，甚至是苦的，故相当多的女生看不上大学时的男生。因为男人对世俗女人而言，美在财富；对脱俗女人而言，美在精神。男人的精神之美，主要体现在成熟、稳重、可靠（依靠）、深刻、个性、智慧、阅历（尤其是经历的苦难多、曲折多），而这些大学里的男生多没有，因为大学是男生的成熟期。

4. 这个社会归根到底还是男权社会。男权社会说的是这个社会还是男人的社会，男人在社会上仍占主导地位，社会上的许多规则包括主流价值观都由男人主导，因此男人在社会上在60岁前越来越重要，即越来越光鲜。再者，女性由于负有孕育孩子的性别责任，在同男人竞争中显然不在同一起跑线上，因此觉得社会上的男人越来越强大。

写完了这个问题的几点原因后，我要向在大学及初入社会的学弟学妹们说句话：一是男生在大学里多投资自己，不要多投资女生，因为无论如何她也不会很看得起你；二是男生们即使你在大学侥幸抱得美人归，如果你在社会上不优秀，也很难守得住；三是女生还是尽量到社会上找优秀的男性，因为婚姻是过日子，是现实的，而大学的爱情是超现实的。

男生在大学里应投资的三件事

其实，智慧的男生在大学里是不会轻易步入爱河的，因为那不是你最美好的年龄，且你不具备男人应有的成熟美、精神美、能力美。据一社会机构调查表明：在社会成功的男人在大学期间多是不谈情说爱的（可有异性朋友），至少是不将主要精力放在恋爱上的。大学期间的爱情是真实的，但爱情爱强是真理，你将来在社会上不够强大，不要说你在大学里千方百计或死皮赖脸追的女朋友不会跟你结婚，就是结婚了你也不一定能守得住，就是守得住你也不会有尊严或应有的婚姻幸福。这个后果的根本原因是你在人生的最重要的大学期间选错了投资方向（投资女生），因为男生在大学期间最重要的三大投资是以下三点而非女人。

1. 投资知识。要记住越是大家都不好好读书时，就越意味不久的将来知识越重要、越值钱。投资知识绝非学好课本，我所说的投资知识包括以下三点：一是多读闲书即无用之书，4 年大学期间至少读 2000 本闲书；二是要跨科修三个以上毕业证书（专科或本科）；三是争取一年考一个资格证，因为 21 世纪是资格的世纪。如此，你的知识不仅在社会各领域都可游刃有余，而且在以后的就业考试及面试中也可轻易胜出。

2. 投资身体。身体是成功之本、幸福之根、爱情之本。没有好身体不仅在精力、体力、智力上竞争不过人，而且你也不可能有美满的爱情和幸福的人生。投资身体应在大学做到以下几点：第一学会 2—3 项竞技运动，并养成运动习惯（每天都从事竞技运动 45—90 分钟，否则身心难受才叫养成习惯），要知道社会上受时间、场地、运动对手或伙伴的限制，再学几乎没有可能了，何况大学这么好的条件这么多的时间你都学不会，到社会上还可能学得会吗？第二，养成规律的生活，规律是最好的养生，即定时起居、餐饮、学习、运动，尤其不能睡懒觉。第三，要学习营养学及保健学、预防医学知识，因许多人不是死于疫病而是死于无知。

3. 投资关系。人是社会关系的总和，尤其是在中国这个人情社会，在大学期间投资关系并非让你不务正业，天天往社会上跑或去巴结社会上的人。其一是注重与老师与校友、领导的关系，设法让他们记住你欣赏你，他们虽然没有社会职务但桃李满天下，到时可在社会上给你帮助或为你提供平台；其二是处理好同学关系，尤其是比较活跃的同学关系，得到他们的好感或认可将来会在社会上得到他们的支持或合作，如俞敏洪在创业困难期请在国外的同学回来，许以高薪，他们异口同声地说：我们是看在你大学为我们打了 4 年开水的分上；其三是抓住同社会联系的机会，如来校讲学者要设法使之对你有印象且多联系或主动参加一些社会活动，尽量得到组织者、关键人物的认可、欣赏等。我上大学期间以学生会主席身份同当时团委联系开业活动并主动帮助工作，得到认可后来在社会得到不少他们的帮助。

综上所述，一个身体强壮、精神饱满、精力体力超群、爱好广泛、多才多艺的大学毕业生，一个腹有诗书又揣着几个毕业证和资格证的大学毕业生，一个老师欣赏、同学拥护又有社会关系的大学毕业生，他在社会上还用愁成功、爱情与幸福吗?!

女人和男人一生最大的赢是什么

说起女人一生最大的赢，人们自然想到的是嫁个白马王子一生幸福或成为女强人，一生风光；男人最大的赢是有钱有权有心仪的女人。其实都不是，女人一生最大的赢是赢得悠长的岁月，男人一生最大的赢是赢得悠长的人心。

为什么说女人一生最大的赢是赢得悠长的岁月呢？这个岁月并非使自己活的年纪大、寿命长，如果活的没质量、没品位、没境界，像龟一样活1000年充其量也只是老龟，连人都算不上。这里悠长的岁月指以下三个方面：一是美丽的岁月悠长，注意这里所说的是美丽而非漂亮，美丽让女人到80岁依然迷人、动人、摄人（心魄）。我曾撰文写过女人分三个档次：悦目之女人、赏心之女人、牵魂之女人，一个能使美丽岁月悠长的女人，必是个令人牵魂的女人。当然这个悠长的美丽肯定不是雪白的肌肤、明亮的眸子、窈窕的身材、美丽的面庞，而是来自知识、智慧、性格、人格、品位、个性、境界、情趣等内在的东西。二是获得她钟爱的男人长久的爱，因为无论女人再强大，她钟爱的或嫁的那个男人的爱，对自己是否长久，对她一生都极为重要，自己以身相许的愿意为之生儿育女的男人如不能长久地爱她，那是多大的失败啊。三是能使子女有悠长的也即光明的未来，即能教育出有较高素质的子女，因为子女是女人一生最大的作品，如果这件作品不能悠长，那么这个女人一生不要说最大的悠长了，而且是最大的失败。

为什么说男人一生最大的赢是赢得悠长的人心呢？如果说一个男人在世俗社会能升官发财或让很多女人投怀送抱或爱得死去活来，这并不难，因为每个社会、每个时段、每个领域、每个地方，自古等级化社会及贫富贵贱两极分化，时势就会造就出一批批这样的人，包括在专制社会有的人未出生就被精子决定是否富贵，故此不值得羡慕，也根本不是男人一生最大的赢。男人一生最大的赢即赢得悠长的人心包括以下三个方面：首先是赢得亲人、友人、爱人的心，使他们打心眼儿里敬佩你、叹服你、爱（护）你，不要认为这三者的关系好处，其实比路人、熟人、生人、敌人都难处，仅举一例就可证明我这个观点：世上的凶杀案大半来自这三类人之间。其次是赢得你所有熟人的人心。熟人包括凡与你认识的、打过交道的、利益相关的或一个单位的人等，让这些人不说全部，能有大部分长久地服你、敬你。最后是天下人的心。这个天下人的心又包括一是你统领的天下人；二是你恩泽的天下人；三是你开导（思想家）的天下人；四是影响你的天下人（制度建设或人格魅力等）。在如此三个方面都能赢得悠长的人心才是一个男人最大的赢。

美女的三个标准或层次

自古很少有男人不喜欢美女，如同曹霑说，所有的男人在内心深处都是“恨不能尽天下之美女供我片刻之趣兴”。当然，爱美之心无可指责，那是人心深处传宗接代的本能，自古到今很难有做到卧怀不乱的人，且英雄难过美人关。记得有一句话说：十个男人有九个好色，有一个特别好色（这里的色指美色）。只可惜的是好色的男人虽多，但真正懂美的男人却不多。下面我在此谈谈美女（美色）的三个层次，即悦目、赏心、牵魂。

1. 悦目。指那些养眼的女子，她们多是青春之美，属于“青春无丑女”的那一类，虽然冰肌玉肤、云色花颜、明眸皓齿、窈窕动人，给人以冲动、激情、想入非非，但是其美具有浅态性，说白了仅是漂亮，还达不到真正的美的层次（漂亮是外在的，美则是内外兼具的），她们美的浅、美的俗，一旦你得到了或探到了神秘后便觉顿然无味。因她的美是平面的（表面的）、浅显的、轻风可吹散的，你顶多对之有亲昵的冲动，不可能有珍惜的感动与激动。

2. 赏心。赏心类的女子才能真正称得上美女，因为她是主体的，不仅有外在身体美、容颜美、仪态美，还有修养美、风度美、知识美、谈吐美、个性美、智慧美、慈善美，通身散发着温润的光泽，且是有温度的，触之使人温暖，心中装满了芬芳心事。她不仅盼顾生辉，还使得你忍不住猜想她摇曳的目光后有怎样动人的故事。她的美，不仅内外兼具，形神具备，且密致坚实、岁月难剥。她的特点是像一本经典的书，需要男人终身去啃读。

3. 牵魂。这样的女子，不仅具有第一种悦目女子的外貌美，第二种女子的内涵美，更重要的是这种女子具有一种摄人心魂的绝伦美，只要你见她一眼或接触过一次，你的魂就不再是你的了，就会为她魂牵梦萦，如同宝玉之见黛玉，张生之见莺莺，相如之见文君。这类女子似人非人、似魅非魅、似仙非仙。她的衣带透着飘逸，云鬓中夹着行云，体态中附着高雅，声音中渗着音乐，举手投足中露着高贵，眼神中流着山清水秀，分明是为人众生之梦而来。如果说悦目之美使人有冲动性，赏心之美使人有流连性，那么牵魂之美则使人有渗透性，足以映带左右，灿照人生——使你为此脱胎换骨，做更好、更新之人。写到这里我想起了一句哲人谈写女人的一段话：有的女人像一幅画，让人一览无余；有的女人像一本书，需要人们慢慢品读；有的女人像所学校，可陶冶并改变你一生。那这类令人牵魂的女性则是一所学校……

对这三类或三个层次的美女，我还想说三句话：悦目的赚走男人一个眼神或一阵冲动；赏心的赚走男人一串叹赞或一生相守及呵护；牵魂的赚走男人一世的痴迷、怀想、敬仰并为之改变。

第四章 社会现象篇

"中国父母"对孩子的七大残忍处

这里的"中国父母"是一个贬义词，指那些不懂教育规律、少儿成长规律及不学无术且厚爱成害的低素质父母们。关于"中国父母"在对子女教育中，与国际先进教育子女水平相比，有太多的差距，也有太多的不足，但是不能否认他们都很爱自己的孩子，无论出于哪种动机（其实更多的是希望光宗耀祖，完成自己未竟的事业，体现自己未体现的价值以及老有所依等），然而这种本能的功利性的爱，不仅对孩子多成了害，并且，在爱的名义下，也显得对孩子们的残忍。下面我说说"中国父母"在爱的名义下，对子女的七大残忍之处。

1. 不让玩或怕其玩。其实，玩是孩子成长中重要的、必不可少的方式或内容，教育实践及调查表明，小时越贪玩、越让玩的孩子将来长大后越有能力、越有出息、越快乐幸福。因为少儿的心智、能力、智力、情商、逆商等很多都是在玩中得到提高或成长的。另外，越好玩的孩子身体越健康，创造力越强，心理越阳光。不让孩子玩等于剥夺了孩子的四大权利：成长的权利、快乐的权利、思考的权利、健康的权利。试想连孩子这四大基本权利都剥夺的父母，不叫残忍还叫什么。

2. 隔代带孩子。为什么说这也是"中国父母"的残忍之处呢？因为一是养孩子是对初为人父母者的一种成长磨炼；二是带孩子是身为父母者起码应尽的人生责任；三是隔代带孩子不利培养父母子女两代人的亲子关系；四是婴幼儿常换人带导致其心理上没安全感，将来易悲惧不安、不信任人、对人多疑；五是将来老人在孩子未成年时去世，对孩子心理冲击大。

3. 不让干家务。"中国父母"中的绝大部分人，包括有不少我熟悉的大学教师，也美其名曰为了孩子省下学习时间而不让其干家务，只要将学习搞好就行了，其实这样做对孩子是很残忍的：首先是剥夺了孩子动手能力的培养，这可是人最重要的能力之一。其次是导致孩子智力相对低下，因动手的次数、时间、能力与智力成正比。再次是孩子在干家务时有利于亲子关系及父母与孩子的沟通——沟通是教育的前提，没有沟通就没有教育，更不要说良好的教育。最后是培养他的责任心感恩心。家务中做自己的事是学会负责，且在干家务中体验父母的辛苦，更会感恩及珍惜生活，也会更加好好学习向上。

4. 包办或干涉婚姻。“中国父母”尤其是独生子女的父母们乐于包办婚姻。我有一熟人，为干涉自认为女儿不般配（无非是情感外的东西）的恋爱，不仅以断绝关系相威胁，自己气的生病，而且希望自己的独生女死，这是何等的残忍！婚姻幸与不幸多与条件有关，我作为婚姻家庭咨询师，还是对之较有发言权的，那多取决于两人的感情基础（共同的经济观、生活方式）及经营婚姻的能力。另外，干涉的坏处有三：一是恶化了亲子关系；二是使子女更叛逆；三是不能引导他们正确地经营婚姻。

5. 与别人比分数。这是对孩子最为残忍的行为之一。因为分数只是中国式教育，尤其是中国填鸭式教育，死记硬背性教育，应试教育下，能适应的一种表现，而非孩子真正的优秀。为什么说比分数是对孩子的残忍呢？一是将使孩子自卑即失去自信；二是使孩子生活在压力、悲惧中；三是使孩子厌恶学习；四是使孩子易嫉妒、仇恨别人及心胸狭隘、心理阴暗（希望别人分数低）。

6. 千方百计给其留钱。给子女留钱不仅是不智之举，而且是对子女的残忍：使他们学会了啃老、习惯于不劳而获，失去了在青少年奋斗创业前应得到的锻炼及能力提高的机会（或过程），还易让他们好吃懒做、不惜物（来之太易）、厌倦、虚荣、堕落（吃喝嫖赌毒等），如此不是对孩子残忍又是什么。请中国父母们记住一句话：子女成器，不用为他们留钱了；子女不成器，为他们留钱越多害之越狠。

7. 将成功人生当作最高追求。世俗意义上的成功人生，无非是有钱有权即物质上的富贵，如此要求孩子会对孩子有以下坏处：一是使绝大部分孩子将来一生不幸（福），因为富贵者毕竟是少数的；二是必导致物质精神“二元”失衡，此乃人生不幸根因之一；三是必使孩子品位境界低下，沦入拜物、唯物、攀物的“物质人”层次；四是必使孩子身陷病害与厌倦这钟摆的两摆之间，因对富贵（物质）而言，得不到时痛苦，得到后厌倦空虚，远离了快乐人生。最后请中国父母记住一句话：成功人生不一定是快乐人生，快乐人生不一定是成功人生。一味鼓励、期盼孩子追求成功人生的父母，等于葬送了孩子的快乐人生。

“中国美女”说明的几大问题

作为一个社会现象或社会问题，关于美女的话题很多，我今天只说“中国美女”说明的几大问题。

1. 择偶观的问题。中国儒文化下的价值择偶观，其主流是司马光的“抬头嫁女，低头娶媳”，意思是这样女性不得骄傲或心生不满或看不起丈夫。试想女的都抬头嫁，即嫁的比自己好的高的，那么高层次的女性自然就没人可嫁了或没人愿意娶了。

2. 价值观的问题。中国的女人对嫁人看得很重要，认为嫁人是女人第二次投胎，或女人是菜籽命，学得好不如嫁得好，等等。而这个好与不好并非从对婚姻最重要的情感基础及价值观相近，而是在外在条件上的般配，如学历、身高、收入、工作、文化、能力都高于自己的，还要看顺眼的、与自己合得来的、有感情的。哪能遇到这么合适的，即使遇到了，他能没意中人吗？即使没有，他一定能看上你吗？日前听在北京做心理咨询师的朋友说：一白领（完美）女性见面十几人后好不容易遇得一意中人，见面第一眼后说就是他了，结果人家同她说几分钟话，后来连电话也不接她的，因此而成心疾了。

3. 中国女性地位低下的表现。要嫁好男人，起码好过自己的男人，其实质是依附男人的表现，更深入的实质是女性地位低下的表现。

4. 重物不重情的问题。如果女性择偶只重感情，像美国一富家美丽女研究生嫁河南一小学文化的农民一样，那么中国白富美的高知女性恐怕很少会有人能做、敢做，即使做得成一家人不将之打死也会与之决裂即众叛亲离。当然，中国女性的婚嫁重物不重情的问题，不是中国女性自身的原因，更多的是家庭及社会扭曲的结果。

当今青少年最大的问题

青少年是一个民族一个国家的未来。正如梁启超在《少年中国说》中说："少年强则国强，少年独立则国独立；少年自由则国自由，少年进步则国进步；少年胜于欧洲国则国胜于欧洲，少年雄于地球则国雄于地球。"青少年问题不仅是青少年本身的问题，是国家民族问题，而且是国家民族所有问题中最大的问题，因为一国一族同他国他族的竞争，最终是人的竞争，而人的竞争的根本又是青少年素质的竞争。综观我国现在青少年的身上虽有这样或那样的问题，并非我们的青少年一无是处，反之他们恰恰是很优秀的一代。虽然他们身上有脆弱的问题、不良思想的问题、价值观混乱的问题、追星的问题、缺少青春活力及探险精神的问题、体质下降的问题、道德滑坡的问题、好逸恶劳的问题、不愿意吃苦的问题、啃老的问题、自私狭隘的问题、创造力差的问题等，但这都不是最重要或最大的问题，当今中国青少年身上最大的问题只有一个，就是"读书不多而物欲太多了"或

“读书学习不盛而物欲太盛”。

中国现代青少年读书不多或读书欲不盛的问题为什么是最大的问题？一是因为书的命运即一个民族的命运。二是人的素质高低最主要的还是决定于你读书多少，一人一族一国无论你多富，如果都是低素质的人，假话假货盛行、损人利己成常态、不公不义司空见惯、行贿受贿成公开秘密、权力比法律管用、关系（后台）比能力管用，那么这个国家或民族还有未来吗？三是知识及以知识为前提的创造力决定未来竞争的胜负。如果青少年都不将读书看得比发财重要，那么你靠什么屹立于世界民族强者之林？

“物欲太多”或“物欲太滥”为什么是当今中国青少年最大问题的第二个问题？其一是物欲太盛的人必然为物疯狂，为了发财、升官不择手段，不顾身体、人格、道德、法纪、亲情、子女教育。其二是物欲太盛的人必然为了满足物欲而不正当竞争，必然带来竞争中的混乱，导致假货、玩骗、权钱结合、官商结合、垄断及黑恶势力横行，黄赌毒等丑恶现象滋生。其三是物欲过盛必导致人生的“二元”失衡，即导致精神、智慧、灵魂空虚，至少是一个精神寡人或精神乞丐，精神贫穷才是真正的贫穷、可怕的贫穷、不可救药的贫穷。其四是物欲过盛必导致爱情变质或退位，不信你看当今网络上流行的白富美、高富帅，哪一种不带富字。对青少年而言，爱情是比生命价更高的东西，可爱情中没有情只有外物，这是证明中国当今青少年精神贫穷的典型证据。一个人精神贫穷了，你就成了精神乞丐。

最后说说物欲过多或物欲太盛的几个表现，希望当代有心（思想）、有志、有智的“三有”中国青少年对照一下：一是将钱权的追求作为人生最大追求；二是羡富贵；三是因没有名牌或物质消费不如人而自卑；四是追星，这是物欲盛最直接最典型的体现，因明星扭扭屁股就赚钱及一夜成名成富，是青少年追星的潜意识外露，根本的还是崇拜他人因此有钱并来钱容易。

当今中国人最应做的事

人生有许许多多的事要做，对中国人而言，除做好工作外，还要去做大量的关系人情之事。这些事对中国人而言，谁也难脱离现实，都要做，就是衣食无忧或富贵之人，也要为之弄忙，至少为人际关系弄忙。其实，对除吃饭有困难外的绝大多数中国人而言，当今最先应做的事只有一件：减少在进食上的时间及花费。为什么说这是当今中国人最先应做的事呢？其原因如下。

1. 用在吃上所花费的时间、金钱及心思与吃的程度成反比。这还包括为准备吃即做饭花费的时间。当然，必要的做饭时间是必需的。

2. 挤压精神生活的时间、空间。人的时间有限，业余时间更有限，在进食上花的时间越多，在读书、运动、创作（造）、艺术等精神生活上所花的时间就越少，精神生活就越贫乏。

3. 加大恩格尔系数。恩格尔系数越高即食品在可支配收入中的比例越高，一个国家或一个人的贫困度越高、生活质量越低、精神生活越差乃至综合素质越差。另外，高恩格尔系数即在吃上的财务支出越多，在书籍、运动、艺术、旅游等精神消费方面的支出必越少，越挤压精神消费的空间，使之成为精神贫乏的人或民族。

4. 在以上方面花费越多对环境污染破坏越严重。进食上之所以花费多，无非是吃得荤、吃得奇、吃得贵和吃得远，这都会加大对环境的破坏或污染。如吃荤菜必增大养殖量，大量增加动物粪便污染，水污染及对生物链及草木花卉的破坏；珍奇动植物必然导致迅速或加速灭绝，珍稀动物更不说了，有的植物对环境破坏亦很严重，如百合长后30年土地不生长庄稼；几年人参，几年不生长庄稼；一斤发菜要毁掉一亩草原，一斤葛根粉要毁掉半亩植被。另外，食物做得越精细、越有味，厨房垃圾越多，厨房排的油烟等污染物越多。

5. 造成食物（财富）的大量浪费。中国每年餐桌上的浪费够1亿人吃一年。这个浪费是何等巨大（全人类才60多亿人）。另外，还有大量隐形浪费：一是过量进食；二是过营养进食，即吃得太多太荤而超过营养的部分也是隐形浪费；三是以上两项过量进食导致了大量疾病。

6. 对健康的毁坏。为什么用毁坏这个词？在进食上花时间、花费多，必导致由过量进食及过量营养而导致的大量疾病，因对人类而言有三个万病之源：肥胖是万病之源、饱食是万病之源、气怒是万病之源。

其实，倡导中国人减少在进食上的花时、花费、花心思，从根本上讲还是倡导我们能学会理性地进餐，即能理性地反思我们共食（不像西方那样分餐）、饱食、贵食、浪费食物、不重视营养结构、在进食上“三花”过多等陋习。

中国人的六大社交不良行为

台湾作家写了本《丑陋的中国人》，我不才也写过一本《中国人的2000个陋习》，包括政治、经济、文化、教育、婚姻、家庭、丧葬等各个方面。我在这里还想谈谈中国人社交中的几大不良行为。

1. 将吃喝作为主要或全部社交手段。中国人一提到社交，无论是想见某些人或聚会或婚丧嫁娶，首先想到的是吃喝或大摆一席，似乎除了吃喝就没了别的社交手段。当然，我也不排除吃喝是人类社交中的最大公约数，但是将吃喝或大吃大喝作为人的主要或全部交际方式，未免太低级趣味了吧！为什么这样说呢？因为一是一个人、一个民族用在吃上的时间，与其文明程度、素质高低成反比；二是一个人、一个民族用在吃上的支出占总收入的比例，与其文明程度、素质高低成反比。

2. 将勉强别人喝酒作为对人的尊重。一是对别人最大的尊重就是给别人自由，自由的概念绝非仅仅是行动自由，更包括做与不做什么，吃喝与不吃喝的自由，你连这点自由都剥夺，还能叫尊重人家吗？二是尊重人家就是要首先尊重人家的健康与生命，过量饮酒尤其是中国人饮白酒，对身体伤害极大。

3. 将给别人夹菜、盛饭当尊重。给别人夹菜、盛饭，好像显得周到、热情，其实很不是那回事。首先你不可能完全清楚别人喜欢吃什么；其次是你不可能在喜与量上都把握得恰到好处；最后是如果别人不想吃或吃不完你夹的、盛的，稍有素质的人就显得很难看。

4. 把自己多喝酒当作对尊贵客人的尊重，或作为博得对方高兴的手段。这样做的愚昧之处首先是没有分清人生什么最重要，撇开内在的财富不说，外在的最大的物质财富是健康，你以自己的健康为代价去“尊重”别人或讨富贵之人欢心给你点好处或好感，值得吗？其次是稍有素质的人，会反感在吃喝上纠缠的。最后是稍有智慧的人，就会轻贱你，因为一个连自己身体都不珍惜的人，他还会珍惜什么；一个以身体为代价去讨好别人的人，他还有什么见识、智慧、理想及远见，还能干成什么事尤其是大事？

5. 以吃贵花钱多表示尊重。第一，从世俗的角度讲，一顿饭你花再多钱，人家仅领你一顿饭的情；第二，稍有素质的人会反感你的这种大吃大喝的低级趣味。

6. 只算经济账不算时间账。中国人社交只算两种经济账：一是花钱多少，是否便宜实惠；另一个是收益多少，这个人或这些人能否有用或将来有多大用，即给自己带来多大利益。很少或几乎没人算时间账。其实，时间才是人生最宝贵的东西，人最宝贵的生命不过是几十年的时间，尤其是对一些礼仪性或利益性的社交，稍有头脑或素质的人一定会算其时间成本。

愚昧不可怕，最怕愚而不化。

工作狂的四大特征及几大痴愚处

工作狂，好像是褒义词，意指一个人热爱工作，为了工作废寝忘食、加班加点，极具敬业精神、奉献精神之类。可是在国际上，工作狂则是一个贬义词，是指那些低效率、不思考、不理性、不重视健康、不会生活以及心理有疾病之人，有的国家就将工作狂本身定性为一种心理疾病。下面，分别谈谈工作狂的四大特征及几大痴愚处。

先谈谈工作狂的四大特征：一是善加班加点。国外有资料表示，对一个人而言，认为加班加点有乐趣、有价值或体现人生价值，或将之视为正常或超过别人的手段。以及每个月超过一次加班加点即为善加班加点。二是以加班加点为勤奋、认真、敬业、奉献，甚至向上级或组织作为炫耀的资本。三是星期天节假日不休息及不休年假。四是工作外生活中除吃喝、电视电脑外，没有或少有其他生活乐趣，如运动、阅读、音乐、创造及琴棋书画等。具备以上前两点就是典型的工作狂，具备以上四点，就是超级工作狂。

随之再谈谈工作狂的几大痴愚处：第一，其是效率低下的表现。对工作你不思考如何提高效率，反而以加班加点为乐、为荣、为正常，这是低效的典型体现。第二，是不智慧的体现。以加班为常为乐的人，必是不智慧之人，因为慧由静生，没有安静自然难有智慧。第三，是一个人没有能力的体现。除劳力外，你在正常工作时间完不成工作任务，就是没有能力的体现。你一个常人或大小带个长的人，有什么理由干到加班加点还认为是自己有能力，这恰是自己最无能的体现（当然有时遇到不尊重下属人权，你又没法回避或手下没人的情况下责任不在你）。第四，是不重视健康的体现。一个经常加班加点的工作狂，久之，他的健康状况必有这样或那样的问题，而健康有问题不仅幸福生活质量等都有问题，而且导致工作效率更下降，即加班加点更多，从而进入了两者之间的恶性循环。第五，不能笑到最后。笑到最后的人才算真正的会笑，讲效率、善休息、会休息的人，才能易于笑到最后。因为休息是为了走更远的路。第六，不会休息、不善休息的人易得心理疾病。据调查表明，工作狂80%以上的人有这样或那样的心理疾病，有许多国家本身就将工作狂作为一种心理疾病的典型体现。第七，工作狂的婚姻关系及子女教育多有问题。善加班加点即晚上下班不立即回家或回家少的人，久之配偶必有意见，夫妻关系必紧张，可婚姻幸福要占人生幸福内容的80%。另外，沟通是子女教育的前提，而陪伴又是沟通的前提，故工作狂的子女教育多有问题。第八，工作狂是奴性思维或穷人思维的典型特征，好像是像奴隶或劳力那样不停劳作才有成就或像穷人那样要不停劳作才有饭吃，为什么不将思维转向既轻松又能将工作做得很好呢？

谈谈豪车及大排量车

凡是研究车或买过车的人都知道，日本的车以小巧、排量小、节能著称，豪车、大排量车多生产在欧美等国。最近我又看了个资料：日本国内的豪车及大排量汽车在国民汽车拥有量的比率是全球最低的，并且在国民中形成了这样的主流价值观，除特殊需要外，用豪车及大排量汽车是一个人没素质、不理性的体现。我们提倡不追求豪车及大排量汽车尤其是越野车，则说明了以下几点文明、进步、智慧之处。

1. 是理性消费的体现。汽车的主要实用价值无非是代步工具，顶多再加个音响、空调，现今10万元左右的车都已具备。可不少中国人动辄追求几十万元甚至上百万元的车，这都是不理性消费的体现，而一个人能否理性消费，则是其是否成熟、智慧，最直接、最明显、最外在的体现。

2. 是不虚荣的体现。喜用豪车及大排量车，尤其是在城内开越野车，其出发点或功用最主要的只有一个即满足自己的虚荣心，而物质上的虚荣心则恰恰是一个人穷惯了或久穷乍富的体现——唯恐怕别人看不起自己，怕别人说自己没钱。反之，真正的富人、久富的人则怕人知道自己有钱，怕自己张扬。

3. 是智慧的体现。一个智慧的人，在物质消费上有三个特点：一是分消费需要与必需；二是避免铺张浪费，去追求精神生活方面有益、有趣、有意义之事；三是不张扬、不引妒，做有钱人本身就是很不幸的事，自己还去张扬，还唯恐别人不知道自己有钱，岂不是太不智慧了。

4. 是崇尚简单、简约的体现。生活的最高境界之一是过简单、简约的生活，不将生活中的简单问题复杂化。对汽车的要求主要应体现在环保、节能、节约上，而不是有面子、有派头上。

第五章 文化教育篇

为什么终身读书的人比常人长寿、健康及成功幸福

日前看了个资料，据对9000多人的调查表明：一个人，无论出身再低微、身体条件再差、脑子再愚笨、命运再多舛，只要从青少年开始坚持终身读书，绝大多数的人都比平常的人长寿、健康、成功、幸福。为什么坚持终身读书还有如此多的好处呢？分析其原因如下。

1. 更健康。终身读书的人有更多的健康知识，特别对中国人而言，许多人不是死于疾病而是死于无知，尤其是对健康知识的无知。记得有位预防医学专家说过：一条良好的保健知识胜过十服良药。

2. 更理性、更节制。他们绝不会像许多土豪、暴发户那样胡吃八喝、贼吃海喝、狂赌滥性、昼夜颠倒、烟酒无度等。这些终身读书的人，由于其明事理、物理、哲理，且知道健康比升官发财重要，是人生最大的物质财富，故能管住嘴（想吃也不吃），如梁实秋将最爱吃的八宝饭放最后吃，我一朋友每天按七大营养素多一口也不吃（无须再多吃），少一口也不依（无论再麻烦），故40多岁时体质胜20多岁的。迈开腿（坚持竞技运动，他们才知道什么是真正或实质意义上的运动），更不会“自戕”（烟酒毒及熬夜为四大“自戕”）身体。

3. 比别人更易成功。终身读书的人正如上所说的知识多、身体棒、素质好，而这三者又是职业成功的主要要件，因一切竞争的最终还是知识、身体及综合素质的竞争。

4. 烦恼少、情绪好、快乐多。这“一多一好一少”的结果必然是幸福指数高。因为幸福从某一角度讲就是快乐的持久化。为什么终身坚

持读书之人能有这“一多一好一少”呢？因为终身读书之人必能明哲及觉悟，而烦恼又多是因为痴愚而自寻的。

5. 精神丰实，即心灵充实。读书是丰实人精神生活的重要手段，坚持终身读书的人必是精神丰实，生活也必很充实、恬静、宁静，不会因精神贫乏、空虚而导致烦躁、欲望、厌倦、嫉妒、仇恨等负性心理或负性情绪。因人是二元动物，身心都需要滋养，心灵缺少（读书）滋养的人，心灵不仅会干枯、病变，而且像身体没有食物一样会死亡的。一个心灵死亡的人，焉能有终身坚持读书的人那样的康寿功福。

6. 有教养或修养，导致人际关系好及受人尊重，也有更多的人愿意与之合作或追随。成功尤其是成大功的要素之一是得众；幸福的实质之一是一种人际关系（主要指家人关系、职场关系、朋友关系），人际关系好了自然幸福指数就高。

中学分科的五大弊端

一直认为中学分科是正常的、科学的、符合教育规律的，当了解国外不分科的做法之后，经过与国内外教育专家或教育工作者的反复探讨，还是觉得国外中学不分科好处多多或更科学、更符合教育规律。下面谈谈中国的中学分科（文理科）的五大弊端。

1. 导致没分科前学生就对要分出的科目不好好学习了。尤其是对中国学生而言，学习负担本来就重，又是填鸭式教学，学生没有多少学习兴趣，加上作业负担重，故在没分科前不少学生就不会好好学习。

2. 致使基础知识面窄或差。分文理科的后果之一是学理的轻文或不学文，学文的轻理或不学理，而中学的文理知识实为基础知识，并非像大学的专业知识。人为分科必导致基础知识差或知识面的狭窄，从而影响今后的发展。

3. 导致视野的狭隘。中学的文理科都是生活中的基础知识，分科等于废文或废理，这样做的主要弊端之一是知识面的狭窄，必导致视野的狭窄，而视野的狭窄又必然导致见识的低下，而见识则是知识的最高表现形式，一个人一旦没了见识，知识再多意义也不大了。正如有位哲人所言：文明是块蛋糕，尽量多吃（多才、多艺、多领域、多技能）是享受。

4. 导致左右脑不均衡发展。学习文理科使用的左右脑有不同之处，这势必导致左脑过分发达，久之使得其下意识的习惯用左脑思考。另外，左右脑不均衡发展还会导致智商及情商低下。

5. 成不了或难成大家。大家往往以杂家为基础，即建立在多个领域都有建树或精通的基础上，如达·芬奇的绘画是建立在他还是数学家、天文学家、医生、解剖学家、建筑家、桥梁设计师等多科优秀或精通的基础上，正如平地长不出珠峰一样。

孩子听话的六大弊端

中国父母或中国人衡量孩子的标准虽有千万条，对不懂教育学及先进教育观念的似乎只有两条最重要：学习好及听话。先不说学习好，只来谈谈听话。父母将对孩子的希望寄托在听话上，动辄评价孩子好坏以听话论之，岂不知这句话对孩子的成长、成功、幸福、快乐都将有很多效应，下面谈谈孩子听话或听话教育的几大弊端。

1. 没有个性。所谓听话无非是让孩子无条件服从大人（父母），只要不服从就视为不听话，不是好孩子，甚至是忤逆，引得大人们很伤心、失望甚至是打骂、哭闹，久之就将孩子训练成了只会服从的奴隶或听话的工具了。这种奴性将会伴孩子终身。要知道再听话的奴隶也只能永远是奴隶。

2. 不思考或不会思考。人与动物的根本区别是思想，正如许多哲人讲的“人是一棵会思考的芦苇”，“我思故我在”，因为对人而言，如果不会思考、不能思考、不善思考，必然是心灵及精神上的矮子，必然长不高，更不要说腾飞了。研究人类发展史发现：只有思想的腾飞才有政治、精神、文化、军事的腾飞。听话教育必然导致孩子从小不知思考，更不要说善于思考了，因为思考的前提是质疑，尤其是质疑权威（学术权威、父母权威、社会权威等）。

3. 没有创造力。人的最大能力是创造力。欧洲为什么成为工业革命发生地，重因之一就是注重创造力的培养，如人家夸孩子不像我们夸听话、学习好，而是夸有创造力、能创新。其实听话教育从某个角度讲就是对创造力的压抑剥夺，因什么事只要听话即可，哪有什么创造力可言。

4. 胆小。孩子不听话势必要遭到大人们的许多否定、批评乃至呵斥，久之必然胆小、怕事不敢担当。不要小看胆小，胆识胆识，无胆必无识（识以胆为前提），尤其是对干大事的人而言。为什么中国自古有“秀才造反，三年不成”之说，有识（知识）无胆也。

5. 不敢抗争、斗争，即养成逆来顺受的性格。所谓不听话的实质即敢于和大人（父母）抗争，这样才有利于抗争精神、斗争精神的形成或养成。听话教育等于从某个角度讲剥夺了孩子的质疑力、抗争力，间接培养孩子的逆来顺受。

学生课本重复使用的利与弊

走进国外，许多学校包括非洲、南美的学校后发现，大中小学学生包括许多培训班的课本都是重复使用的，而我们这个全球人均资源最少的国家，我们的课本反倒是一次性的。下面，我仅在此谈谈学生课本重复使用的利与弊。

1. 节约资源。这是个不言而喻的问题，我不准备展开讲，也没必要展开讲，我只讲讲节约资源对我们国家人均资源拥有量全球最少的这个现实来说，是多么重要。其实在资源匮乏的情况下，我们如此“大方”地浪费资源，真是败家子行为。

2. 节约国民开支或减轻负担。学生课本一个是国民自己掏钱买，一个是国家免费发放，而国家的钱同样是国民的税收，即从国民兜里征收的，花的都是百姓自己兜里的钱。

3. 不利于孩子惜物之心的培养。如教材用后要上交，上交时丢了、坏了自然要赔或处罚或受批评，孩子势必会在平时更加爱护书，这在无形中也培养了惜物之心。可不要小看惜物之心的培养，其不仅有利于减轻生活压力（经济支出），还有利于提高个人修养，更有利于提高幸福指数。

4. 不利于提高学习兴趣。对书的珍惜可无形之中使学生对书产生敬畏或好感，至少是兴趣，人性中的劣根性之一就是对越珍贵的东西、越稀奇的东西越感兴趣，对书的珍惜及兴趣肯定会对读书兴趣或习惯的养成有好处。

5. 不环保。书是纸做的，纸主要是树做的，多用书等于多砍树，特别是我国有几亿学生，一人一年用十几本书就是几十亿本，要多砍多少树。何况我国是当前森林人均面积全球最少、环境污染全球最重的国家之一，此举更加重了我国环境问题。

6. 不利于上下届学生在学习及生活上的互动。学生课本的重复使用，有的国家采取上下届直接面交的形式，有的采取留下联系方式的形式，这使得上下届同学能在学习及生活中得以互动，尤其在学习上可以互相启发、请教，特别是上届学生的学习感悟对下届学生有很大帮助。

第六章 哲思篇

贪婪的十三大害处

现在有些人对财富，想到的不是维持生命的基本条件，而将之与能力、身价、智慧、高贵、成功画等号，这就使得他们对之的贪婪程度越来越大，大到没有限度、没有尽头、没有知足满足之日。下面我说说贪婪给现代人带来的十三大害处。

1. 健康严重受损。对财权有贪婪之心，必然以健康为代价。关于这个问题我不想多说，只要留心看看成功人士，他们有几个身体指数正常或不是一身病就知道了。

2. 易引发心理疾病。贪婪者欲望无满足之时，必天天以压力、紧张、劳苦、人际不佳为代价，这都是诱发心疾的重因之一。另外，欲望大即贪婪之人必以损人利己、违法乱纪、坑蒙拐骗为手段，这也必将引发巨大的心理压力或恐怖、紧张、担惊受怕、睡眠不佳。这都是心疾的主要诱因。

3. 不幸福。幸福是一种（良好、放松、快乐的）心态，幸福是一种（良好的人际）关系，幸福是一种（满足、知足、怡足）感觉，而贪婪者人际不佳、心态不好、自我感觉不好（不满），故贪婪者必远离幸福。

4. 没真爱。真爱须以自我牺牲为前提，这个牺牲并非指牺牲生命（那太少而且也不提倡，连自己的生命都不珍惜能珍惜爱人生命吗?），更多的是牺牲时间、财富、权位，而贪婪之人心中必将钱权放第一位，他必不会为了真爱而放弃一切，故没有至少是少有的真爱。

5. 亲情不佳。因为亲情需要的是奉献与陪伴，而贪婪的人一是利害当头，与亲人也计之以利；二是贪婪之人必为了钱权而不顾一切，更不要说花许许多多时间陪伴亲人；三是贪婪之人必势利，亲人间无用（无利可图）之人也会疏远，故贪婪者亲情必不佳。

6. 人际不谐。贪婪者唯利是图的本性，必与人过多或非常规（使阴谋或阴损之法）竞争，或为了利益吹拍迎奉、打小报告、言行不一、欺软怕硬……这必导致人际关系不谐（人际学是幸福与成功尤其是成大功的基础）。

7. 睡眠不好。贪婪者由于欲望多（美其名曰目标远大），一是必算计人而防被人算计；二是压力大；三是算计、殚精竭虑的事多，即熬心血多，也即灵魂不得安宁；四是此类人多饮食起居无时。这以上四点都是睡眠的天敌，故贪婪者睡眠必不好（睡眠不好又是心理疾病最外在、最直接的体现）。

8. 吃饭不香。一是压力、恐惧等负性情绪对胃的伤害大；二是饮食之多、起居无常对胃伤害大；三是应酬过多也即酒肉过量、饮食无度及饱食对肠胃伤害大；四是因当时不集中精力、狼吞虎咽对胃伤害大。而这四点又是贪婪者人人都有的特征，故贪婪者多肠胃不好，即使好的也很难食得香。

9. 缺少从容。由于贪婪者欲望多，他必像上足了发条的时钟，时时刻刻、分分秒秒地响（忙）个不停。忙不仅意味着匆忙、慌忙、急忙、乱忙、瞎忙，而且意味着心死（精神死亡），这些都与从容、宁静、和缓等做人的高境界相远离。

10. 缺少欢乐。欢乐的重要源头是良性情绪及放松闲暇淡泊即无欲或少欲，而这都是贪婪者所没有的（至少是少有的），尤其是所求（欲望）与所得的比值，因为苦乐取决于所求与所得的比例大小，大则苦。因此说贪婪者缺少欢乐。

11. 易多伤害。因为贪婪者一个是行为易遭怨，贪占多了易遭妒、阴损别人易遭恨，当很多人的怨妒恨集中到一个人身上之时，他遭到的各种各样的伤害报复或发泄将是必然。

12. 易失去自由或丢掉小命。贪婪者由于钱多权大脑子活，一般小事倒不了，出事就出失去自由及生命的大事。再者，贪婪者易目无法纪、狂妄骄横，这更易使之失去自由乃至生命。

13. 得到了财富（权力），财富（权力）也得到了他。因为这类贪婪的人已被物役，成了钱权的奴隶为钱权、更多的钱权、用不完的钱权乃至有风险的钱权忙个不停，成了钱权的奴隶，即被钱权所得到。

将写完这篇文章，我又想起了苏格拉底的一段话："一无所需最像神。"因无须是神，少需近神，人不可能是神，但可以近神、向神（否则必成为仅有物欲的兽）。第欧根尼还说过："一无所需是神的特权，所需甚少是类神之人的特权。"而贪婪的害处或贪婪者的结局又是什么呢？以上十三项内容回答得很清楚了。

贪婪与否的五个界限

贪婪，不用说是对物质而言，对精神是没有贪婪一说的。常听人说某人贪婪，或指有些富贵之人贪婪财权，或贪婪成性，但是却很少有人思考过或知道贪婪有什么标准，或什么（达到什么标准或有什么表现）才是贪婪。下面，将我对其的思考细列如下，供读者朋友参考或作为笑谈之资，我认为，贪婪与否有以下五个界限。

1. 以有钱或以它带来的奢侈生活为人生的主要目的。这些人将钱看得很重要，更成了幸福、成功、优越的标准。尤其是看成人生的目的所在，为达此目的不顾一切甚至不择手段。

2. 把金钱（权力）当实现人生理想的手段或人生价值所在。这类人生下来或一生（毕生）的追求就是有钱，有权还是为了贪钱。不仅这是贪婪的一个很重要表现，而且人只要一贪婪，必像饮鸩止渴般的为捞钱而捞钱，认为有钱就有了人生价值，什么人性美、责任美、大乘精神、博爱精神，在他那里一律见鬼去吧。

3. 一切为金钱（权力）让路。为了金钱（权力），即所谓的事业，可以不顾健康、亲情、友情、爱情、子女的需求，乃至人格、道德、法律、自由（坐牢的危险）、生命。甚至不顾人伦：爹妈、子女、爱人住院或死亡都顾不上照顾或奔丧，并美其名曰无私。这是一个人贪婪最集中、最典型的体现。不信的话请你回答这样一个问题：如不是物欲过盛（贪婪），有必要在衣食基本有保障的情况下如此走极端吗？

4. 不知止、不知足。不知止、不知足这个贪婪的重要内容，具有三个表现：一是得一望十、得百望千，欲望无限膨胀；二是为了用不着的钱权，有后遗症的钱权，仍然像上足发条的时钟，整天滴答（忙）个不停；三是不能及时地从前台退出，一个是恋钱，一个是退后干政，这都是不知止、不知足即贪婪的表现。

5. 二元生活失衡。二元生活即指精神和物质这二元生活，贪婪者这二元生活必失衡。再者，凡重物拜物者精神生活必贫乏，精神生活贫乏者，也只有将精力、心力、智力投入对物的追求、占有、攫取即贪婪中，因此说二元失衡是一个人贪婪与否的一个明显界限。

工作的四个层次

说工作在这里有些不准确，因为工作与就业（职业）不同，工作是能发挥潜力，能给自己带来快乐（幸福感），又能谋生（自立）的职业。下面，我来说说普通人干工作或对待工作的四个层次。

1. 为谋生。这类人生活压力很重，不干就吃不上饭，或很难维持正常生活，处在这个层次的人，也顾不上工作是否体面，是否受尊重，有时也不讲收入高低，只想到能挣点钱吃饱肚子或为孩子交学费，为亲人交药费，等等。他们最关注的是啥时发工资，处在这个层面的工作，多是低级的、粗重的、低微的工作，做这类工作的人，也多是文化、学历不高之人。

2. 为任务。这类人他们的工作已不再是仅为谋生了，他们中已有相当部分白领，工作体面、轻松收入，更注重任务的完成，以显示自己的能力和加重在上司眼中的分量。他们最关注的是薪水福利及节假日。

3. 为事业。所谓的事业是为了个人价值的实现。这类人几乎都是白领，有较高的能力、学历。这类人已无须再为了钱或钱多点而工作了，他们最关注（关心）的不是什么时候发钱、发多少钱或节假日多少，而是通过升职作为人生价值的实现手段或将不断升职作为人生一个又一个目标，认为职务升高了，就等于事业做大了。

4. 为使命。这是工作的最高境界，即不再是为了钱、权力（升职）、闲暇（节假日）工作了，而是为了使命工作，这个使命绝非个人对物对权的占有，而是为了社会使命、人类使命去工作，即为一种大乘精神、博爱精神去工作。其具体表现：一是他们不再考虑个人的进退得失；二是视工作为快乐、为恩典、为目标；三是他们以族类、人类的进步繁荣为自己的使命。人的工作能达到这个境界，不仅是工作的高境界，也是人生之高境界了。

把握自己命运的三个关键

人人都想把握自己的命运，以使自己更成功、更幸福、更伟大，至少使自己少走弯路、少犯错误、少遭祸难。但说起命运，大家都知道其是个神秘莫测、难以捉摸的东西，人类无力预测、设计的东西，至于又要去把握这种东西，似乎是在痴人说梦。但是，世上的一切事，都是怕带着问题思考、探索、追求不懈的人，不少志士高人对如何把握自己的命运仍然提出了不少有用的、切实可行的妙招，现将之归纳为把握命运的三个关键，即把握时间、把握机遇、把握情绪。现分述如下。

1. 把握时间。把握时间即把握命运，因你的生命无非是几十年的时间。命运不好的人的一个共同的特点是：不重视时间、不珍惜时间、不善用时间。相反，命运好的人会重视时间、珍惜时间、善用时间。那么，如何才能称之会或能把握时间呢？一是要惜时如金，日常要以分钟计算时间。二是要珍惜当下的时间，坐言起行，不要动辄我已如何如何，以后有时间了再如何如何。三是要将生活必要时间降到最低限度，生活必要时间主要是吃饭与睡觉的时间，每餐不超过 20 分钟，睡眠时间降到 6 小时以下或最低（以过去的睡眠时间每周减 15 分钟至次日困乏为止）。

2. 把握机遇。所谓机遇就是很少的、难得的、突然降临的、稍纵即逝的及失去了不会再有的。机遇又分政治机遇、时代机遇、人际机遇三种。人际机遇又分偶遇的机遇（偶然遇到并因此结识了一个对自己有重大改变或启迪或帮助的人）、职业的机遇（因职业关系接触到的重要人物）、历史的机遇、兴趣的机遇等。关于对这三种机遇如何把握问题：一是要做好素质准备，因为人类的一切竞争都是素质竞争，机会只给有素质准备的人；二是要当机立断，不要犹豫不决，尤其是心理阴暗的人（凡事及凡人都将之往坏处想），更应尽快抓住机遇（很快失去不再有的才叫机遇，天天有的叫日子）；三是不要怕失败或后悔，世上天天风险之多，连吃饭都有被噎死吃死的危险，况机遇之事乎，只要准备好失败方案就行了。

3. 把握情绪。尤其是要把握负性情绪。做情绪的主人是一个人成功及避祸的关键所在，也是一个人把握命运的关键所在。作为把握命运的关键之一，如何才能做到或做好把握情绪呢？首先是喜乐时不忘形，不轻诺，忘形、轻诺是人的劣根性之一，即在喜乐高兴的情绪时易放纵、易忘形、易轻诺。其次是远离负性情绪（气恼、怒、妒、嗔、疑、烦、恨、愁等），即要有调控负性情绪的能力（这可是人最大或最难具备的能力之一），能做到“风吹不动”。再次是在气恼、恨、怒等负性情绪中不作决定、不处事、不说话，否则作、处、说必后悔、悔恨。记得一哲人说过：气、怒以愚开始，以后悔结束。这个后悔即指你在此情况下作、处、说的结果。试想，你人生后悔的事多了，你的命运还能把握得好吗？

佛在心中的七个内涵

常听信佛的人说“佛在心中”，也常看到佛教寺院中或佛教徒的家中、居处、办公处悬挂此条幅，以及此字样的纪念品，见得虽多，从没认真思考过佛在心中的真正内涵是什么，觉悟时对这句话也似懂非懂，似明非明，口中虽不能准确说出，但是心中却是好像很明了的。后来，初涉佛学禅学，明白了“佛在心中”原来是一个人看人看物的方式或思维方式。其实，随着佛学禅学（佛学的中国化）的不断了解，尤其是在写作一本佛禅著作（《大智修行始是禅》）的过程中，才感觉到以上这还是对“心中有佛”这句话的粗俗理解，顶多的是沾点边。我以为“佛在心中”这句话，应有以下七个方面的真正内涵（只是比上面理解进步了一点点，仍是粗浅的理解）。

1. 心中有善。心中有善是心中有佛或佛在心中的最外在、最直接、最本质的表现。这个善不仅是对熟人、友人、亲人、家人、爱人的善，而主要是指对陌生人的善，不信你看佛慈眉善目，是对众生的，并非对特定人的。

2. 心中有美。这个美，是指欣赏美、发现美、创造美的能力，不信你仔细看一看，佛像无不以一种凝视、欣赏的目光看人看物；二是佛善于从凡俗的常见的事物中发现美，如一花一叶都能成“一世界、一如来”，人人是好人（美的人），事事是好事（美的事），等等。

3. 心中有爱。不仅善与美是佛的化身，爱也是佛的化身。佛不仅爱众生、爱天下，还爱动物爱到连佛祖都“以身饲虎”的地步。这个爱是博爱，包括爱工作、爱环境、爱穷苦人，爱自己的敌人、仇人（伤过自己的人），以及爱众人和众生（物）。

4. 心中的幸与乐。一个凡俗的人，只要能使心中时时快乐，不被负性情绪所烦扰，你就达到佛的境界了。再者，一个人，越趋向依赖外界力量获得幸福时，他的幸福就越少。

5. 心中的资源思维方式。佛是文化的内容，而文化的核心内容是价值观与思维方式，思维方式从某个角度讲又分两种：资源思维方式与问题思维方式，具备问题思维方式（如战争思维、企业思维等）的人看人人都有毛病（至少是这样或那样的毛病），事事都有问题（至少是有不如意处）。反之，只有资源思维的人，才能达到“人人是好人（三人行必有我师；满街皆圣人，个个是如来），事事是好事，时时是好时”的境界。

6. 心中的“五无”，即无欲、无执、无物（达到空的境界，因色不异空，空不异色）、无痴、无分别（心）。在心中能达到此“五无”境界，你想不当佛都难了。其中的“无执”、“无分别（心）”等都是佛教专用名词，限于篇幅关系，我不多解释了，有兴趣的读者朋友可以查一查。

7. 心中有觉悟。佛是觉悟的众生，众生是未觉悟的佛。一念悟即佛陀，一念痴即众生。所谓的觉悟并非什么很神秘的东西，无非是谙熟世事，透悟人情（性）下的对物理、事理、哲理、佛理（禅理）的掌握或透悟，从而使你成为一个有健康、有知识、有情趣、有品位、有个性、有境界的明哲之人。

心事、心结、心狱

大千世界，俱于一心。吾心即是宇宙，宇宙即是吾心。这些佛家儒家的观点，都说明心的重要性，人间万物无不是萌于心、说于口、动于手。故古人曾提倡“禁邪于萌，绝祸于心”，即心中不能有任何邪恶的念头（一呼一吸为一念）。关于“心”的问题，有很多很多内容，我今天只在此说说心事、心结、心狱的区别。

先说“心事”，即心中的事。其一是指心中装着即有心事，也就是过心的事、留心的事、动心的事，只要是过你心的事，皆称心事；二是你经常思考、思虑、思念、思辨的事，即经常或一有时间就思考、思念此事；三是你心中放不下的事、牵挂的事、操心的事，包括人，如孩子、爱人等。

再说心结。心结也是心事，但其同心事又有区别，或程度不同。与心事的区别首先是心中纠结的事，即理不清的事、虑不明的事。其次是放不下又解决不了（或暂时解决不了）不知如何是好的事。最后是担心或揪心的事，如父母担心、揪心自己惹是生非的儿子或痴呆残疾的孩子等，这都是父母的心结。

心狱，顾名思义，心狱即心灵地狱，即一个人的心进入了监狱或被关进了监狱。其一是指不轻松、自由、洒脱，最主要的表现指物欲盛、喜阴、损人等，尤其是物欲盛的人，必然天天想着、虑着、焦急着、烦躁着如何急功近利、立马或尽快成功；其二是做了亏心事之后愧疚，怕人报复；其三是做了违法乱纪、作奸犯科之事，时时怕受惩处或被发现，终日提心吊胆，惶惶不可终日。如有个贪官被抓时说：“我终于可以不用担惊受怕了。”再如你杀了人、伤了人或骗了很多人，即使没发现、法律没惩处你，无论你再富贵，你绝对没有多高的生活质量或幸福指数。在此要提醒的一点是：不要认为心狱离我们普通人很远，好像是那些杀人越货之徒才会有的，其实心狱离我们很近，尤其是在我们这个变革期，法治文明的起步期，以及转轨期和对财富（权力）的狂热期。因为心狱的两个最典型、最外在的表现，你只要具其一就是陷入了心狱，尤对成功人士而言。其一是睡眠不好，其二是不能或不喜独处，即不能一个人宁静地读书、思考、欣赏，也即爱热闹。

保持青春活力的八件法宝

青春与青春活力是两个概念，还有点近似青春与年轻（但也不完全相同）。青春是指岁月的年轻，肌肤的光鲜，精力的旺盛，而青春的活力，虽是个内涵极为广泛的大概念，但大家公认的还是朝气、活力、情趣、浪漫、向上、好学好读、多才多艺、接受新文化快、喜冒险探险、喜竞技运动、敢挑战权威、喜质疑传统乃至真理等。青春活力，不仅关于一个人的成功度、幸福度，更关于一个人乃至一个民族的未来，反之一个没有青春活力的人，肯定是个不成功，没生活质量、幸福指数及没有未来的人。在这里我要说明一点：青春活力不是青年人的专属权，不仅青年人可有，中老年人同样可以有，关键看你是否具有保持它的好方法。下面，我在此专门介绍一下保持青春活力的八种方法。

1. 热爱大自然。一是大自然的美丽可给你对生活的激情和热爱；二是大自然的千姿百态千变万化给你思考的乐趣、创造的激情；三是热爱大自然的人自然喜欢出门、喜欢远足，而不是总窝在屋里（当宅男、宅女）。是否愿意出门、是否懒得动则是一个人是否真正老了的典型体现。无论你在哪个年龄段，是否能称得上热爱大自然，并非是看旅游的次数（那主要是看钱与时间、健康）。

2. 音乐。喜音乐的人的青春活力减不了。因为喜音乐：一是可保持青春的活力；二是可给人激情；三是音乐是心灵的洗浴，常将此洗心的人，心会更诚、更率、更真，而诚、率、真又恰恰是青春活力的重要内容。但如果能在大自然的湖边、山涧、竹中、梅下欣赏音乐或吹奏乐器，那则更有利于保持青春活力。

3. 爱情。请注意爱情并非是指走进婚姻或有性，爱情还包括对异性的高尚的、无私的、无欲的感情。其不仅能给你激情，还能给你青春的冲动和活力。

4. 体育。这里所说的体育并非指常规说的散步、街舞等。有利于永葆青春活力的运动是竞技运动，因为在竞技场上更能体现人的青春朝气，激发人的青春活力，一个终身经常置身竞技运动场上的人与从不做竞技运动的人，在60岁时生理可差20岁左右，至于这时他们身上青春活力的差别就可想而知了。

5. 探险、探索。探索还包括思考。探险最有利于培养人的青春活力，且探险本身就是一个人青春活力的最本质、最直接、最外在的体现。一个人老了的第一个表现是怕这、怕那，极不愿出门（探险、探索）。思考的最外在特征是质疑，干什么都借古、按惯例、凭老经验即不敢质疑，是一个人衰老即没有青春活力的直接体现，反之培养爱思考即敢质疑的能力则是培养或保持青春活力的一大法宝。

6. 创造。创造是一个人青春活力的最深层、最本质体现，因为一是创造力在青春时最旺盛，二是创造需要激情、热情，这都是青春才有的，也即青春活力的表征；三是创造需要好奇，而好奇恰恰是青少年最明显的特征。故对创造力的培养即是对青春活力的培养，也是保持青春活力的一个重要法宝。不信你看现实社会中凡事讲科学、文学、艺术创造的人，无论多大年龄，有几人暮气沉沉？都比同龄人具有青春活力。

7. 学习新事物。即要不断地学习新东西，坚决摒弃传统、落后、愚昧的“人过三十不学艺”的思维，要不断学习新东西、新技艺，至少是每天坚持读书学习。

8. 野营或与驴友同游。包括去人迹罕至的地方，特别是与陌生的驴友或独自一人做浪迹天涯独行客。尤其是同陌生的驴友一起，将面对两个神秘与激动：未知景物及未知人。这种情况下，那种紧张、好奇、激动的情绪，是很易使人保持青春活力的。

打拼的四个表现

“打拼”二字，虽然字面意义相同，无非都是竭尽全力的、不畏艰难困苦地为生存或目标奋斗、向上、努力。但是对不同层次或境界的人而言，其有以下四个表现。

1. 生存式打拼。这类人不具备基本的生存条件，不打拼就没饭吃、没房住、没学上、没钱看病及养老，即为了活着而打拼。

2. 惯性打拼。这类人已经衣食无忧，有了基本的生活保障，甚至成了白领或成功人士，由于他们从不思考也不知自己真正需要什么，想过什么样的人生，或自己的幸福标准是什么，只是随着自己过去形成的或社会上人人忙于挣钱的惯性，仍然拼搏不已。

3. 自卑式打拼。这类人也是衣食无忧之人，他们的拼搏不是像上面说的惯性式的，而是自卑式的，因他们的拼搏即追求那些已经用不着的东西，是为了担心别人看不起或为了让别人看得起，这是活在别人的评价里、目光里、价值观里的自卑体现也即没有自我的体现。且为之不惜牺牲闲暇、健康、亲情、人格、个性及个性生活。

4. 成长式打拼。这与前三种打拼方式有本质不同：前面三种打拼的目的，都是为获得钱权等外在的东西，哪怕是外界的承认，而成长式打拼的主要目的或唯一目的是让自己成长，即今日之我优于昨日之我。

谁是真正的可怜人

说起可怜人，人们自然想起的是缺吃少穿的人，身体有疾病的人，遭遇横祸的人，穷困潦倒的人，或从小丧父（母）的、中年丧妻(夫)、老年丧子的人。其实，这些人固然是可怜人或不幸的人，但并非真正的可怜人或不幸的人，真正的可怜人应是那些觉悟不了人生诸问题及一生都在为名利不顾一切、无休止追求的人。为什么这样说呢?

首先说说为什么那些觉悟不了人生诸问题的人是真正的可怜人？一是人一生的过程从某种角度或从离兽近神的角度，就是活明白的过程，如果你到了中年尤其是到了老年还活不明白，也太可悲（怜）了，因你至死还糊涂着。二是如果你觉悟不了人生诸问题，你定不能综合地、全面地、恰到好处地处理好人生各方面的问题，如职业问题、身体健康问题、婚姻问题、子女教育问题、生活质量或幸福指数问题。三是烦恼、妒恨、怨憎多，觉悟不了人生诸问题的人，无论他贫富贵贱成败他一生都被各种各类问题所困扰，使之不得开心颜，不仅负性情绪多，生活质量不高，幸福指数低，而且睡眠差、杂事多、活得累，易出身心、家庭、子女问题而且还出人生横祸。

接着再谈谈为什么说一生为名利不顾一切无休止追逐的人是可怜的人呢？第一，名利束缚人的身心，自古仁人志士及大智者，无不将之称为名绳利索，只要有志有趣于此的人，一生身心都不得自由——要知自由是比爱情及生命都更可贵的东西。第二，名是虚的，利是对人之价值或用处是很有限的或很低级的，为这些虚的、有限的、低级的东西去投入自己一生的精力、心力、智力，不仅是真正的可怜而且真正的可笑。第三，名利如同癌细胞，如饮盐水止渴般越饮越渴，直到死仍渴（不悟）；第四，只要热衷名利，必然陷入对名利的争夺中，因为世人多好名利故必导致名利紧张（各种人际关系好是幸福主要内容，因幸福即一种关系）、尔虞我诈、忘恩负义、落井下石、阴谋手段等卑鄙的、残忍的、阴毒的斗争中。试想生活在烦恼多、身心俱疲、紧张恐惧、妒恨气恼、身心有病以及人际紧张、忘恩负义、落井下石、阴谋横行、尔虞我诈、你上我下、你死我活的环境或气氛中的人，再加上以上诸弊端或坏处，不是人生真正的可怜、不幸或天下最不幸、最可怜（真正可怜）的人又是什么？

千金散尽还复来的三大误区

李白在《将敬酒》这首诗里，有一段是“人生得意须尽欢，莫使金樽空对月；天生我材必有用，千金散尽还复来”。从诗境及李白的立意而言，是奉劝人要把自己打造成为有才有智之人，不必在意那些作为人的附属品的身外之财，只要你将自身打造成了财富，即使千金散尽也无须愁，它也会再来的，从此衬托出诗人视身外之财如粪土的境界及自己旷达、洒脱的个性。但是这句话却被许多人，尤其是“半罐子水”的文人们误解了，或走进了三个误区，具体如下。

1. 误认为是随性花钱即乱花钱是一种豪性、一种洒脱、一种“品位”或一种身份（有钱人），不知自己乱花钱是不理性、不节制、不节俭，起码是不会理财即财富（FQ）低的表现。这句话在许多时候、许多环境下成了败家子的一种借口或心理安慰或心理基础。

2. 误将低素质当作一种个性或旷达。故乱花钱，不留余地，是一种财商低、没理性、不节制、不节俭即低素质的表现，是一个人尤其是富人耻辱的事。

3. 把奢侈腐化堕落误作潇洒、有品位、有身份。故乱花钱、不理性地将钱用在大吃大喝、名牌、豪车、豪宅上，那是一个人腐化堕落的表现，而许多人尤其是中国的不少土豪、暴发户则以此来显示自己的身份、地位、有钱甚至是有品位，这不仅是走入了“千金散尽还复来”的误区而且显示了一个人的浅薄、浮躁、拜物，真的玷污了李白的诗词原意，甚至是对诗仙的玷污了。

最后，我还想说一句，即使李白的原意是指敢花钱、能花钱、舍得花钱，说金钱去而会复来，也绝不是将钱花在许多现代人所理解的吃穿住用的名牌昂贵、奢侈上，而是花在朋友、事业、成长及有意义的事上，且是在自身有良好的素质，将自身打造成财富的基础上，否则你不仅是个败家子，很快沦为穷人，而且还是没理性、没节制、没品位的低级趣味之人。

富后节俭反映的五大过人素质

穷人的节俭只是一种无奈，而富后的节俭才是真正的节俭。正如人在雨中，无伞可打是一种无奈，有伞不打是一种洒脱；无钱可花是一种无奈，富后有钱不花（节俭）才是一种境界。其反映出五大过人素质。

1. 理性。不乱花钱尤其是不在吃喝穿用上多花钱，是一种理性，是自制、不冲突、能管得住自己的（消费）欲望，战胜自己（人性）劣根性的体现。因对常人而言，如同食色一样，每个人都有大把痛快花钱的冲动，只有理性之人才能节制之。

2. 智慧。富后仍能做到节俭，是一个人智慧的体现。为什么这样说呢？一是其有分清虚需与必需的智慧；二是有不攀比的智慧；三是有知道越重物越远离神性的智慧；四是有明白重物质消费是低级趣味的智慧，精神上的满足才是人的高级趣味；五是有不俭不能久富的智慧；六是知道节俭能免妒；七是知道奢侈浪费有因果报应。

3. 惜物。惜物是一个人特别是一个富人重要的素质之一。因凡物不仅包含着人类的多种工序、环节下的劳动与贡献，包含着资源的消耗（且许多是不可再生资源），而且包含着食物链的牺牲乃至（动物）生命的牺牲。故惜物的反面是暴殄天物。从这个角度讲，不惜物之人，就是一个没素质之人，起码不是个高素质之人。

4. 有修养的表现。可以这么说：一个富后不节俭的人不一定没有修养，但一个有修养的富人一定是节俭的。因大手大脚、奢侈浪费、不理性浪费，肯定是一个人没修养或浅薄的表现。

5. 人性光辉。富后节俭是人性中一大光辉。因为他富后有能力、有资格去消费、消耗丰富的或较多的物质，但人家“任凭弱水三千，只取一瓢饮”，即只要能满足自身基本维持生命的那一部分。如我一友，十几岁就是在20世纪八九十年代煊赫一时的万元户，但从不消费超过自己基本需要的东西，饭菜是素的少的，衣服是旧的、低档的，房子只要能基本容身的，车子还是几万块钱买的手动挡的，而始终资助穷困孩子上学，敬老院、福利院儿童乃至陌生人。

灵魂卑鄙的五点体现

常听人说一个人卑鄙，其实卑鄙即卑下、鄙陋之意，但是卑鄙又分四个方面的内容：行为卑鄙、人格卑鄙、思想卑鄙及灵魂卑鄙。下面我在此说说一个人灵魂卑鄙的五点体现。

1. 一个人灵魂卑鄙的第一点体现是对陌生人的求助、困难、危险无动于衷。陌生人也是人，是自己的同类，对同类的求助、困难、危险无动于衷，甚至见死不救，见女孩被强奸调戏而无动于衷，证明他作为一个人最起码的灵魂已经丧失了，不仅仅是卑鄙了。

2. 欺暗室。中国古代有个成语叫“不欺暗室”，这也是中国从古至今仁人志士们对自己的一个要求或应有的修养，也是一个人灵魂高尚鲜活的体现。反之，一个人如“欺暗室”，即在黑暗或无人知道、无人制约的情况下可以放纵自己、可以干坏事、可以干违良心道德之事，那么他必然是一个灵魂卑鄙之人。

3. 为了钱权名可以不顾廉耻及健康、真情（人之三情）。这类人，他的人生最大的追求是升官、发财、出名，他将之作为人生价值的全部内容，最大价值所在，并可以为之让人生最重要的东西如健康、人格、法律（最低道德）、婚姻、子女教育、爱情、友情、亲情为之让路，甚至父病不送治、母死不探望（在外“工作”）。这一点是一个人灵魂卑下最直接、最典型的体现。

4. 有钱权后以要特殊（权）及欺凌他人的尊严为荣为乐。这个灵魂卑下的具体表现有三：一是在有钱或有权之后，凡事都想搞特殊、走后门、搞特供（特服），如走路要封路，进车站、机场要特殊通道等；二是以欺凌别人为有面子及快乐，无论单位同事或邻人或熟人都是顺我者昌，逆我者亡（此类人对上、对强者又最会装孙子，任人欺凌甚至以能见到上司、强人及他们对自己的欺凌为荣）；三是以欺侮他人尊严为乐。如有个商人在他的企业内，开会时坐不正、坐不成行都要罚站或被撵出去。

5. 心灵干涸。心灵干涸指没有或极少有“心生活”，即极端重物、拜物，将名牌、名车、名媛、名宅作为自己的生活追求，将吃喝嫖赌抽作为自己业余生活的全部内容，与心生活的几大内容（阅读、竞技运动、创造、艺术欣赏、流连大自然等）无关或很少涉及，这是一个人心灵干涸，即灵魂卑下的典型体现。

第七章 生活篇

生活的五项主要内容

无论是日常的每一天还是口头或文学作品中，人们都常常提到“生活”二字，什么为了生活，生活得如何，过生活，诗生活，好生活，坏生活，以及难熬的生活，逍遥的生活，有质量的生活，没质量的生活，甚至不是生活的生活，包括文学作品也是来源于生活而又高于生活……可遗憾的是人人虽天天说生活、提生活、谈生活、写生活、过生活，可是少有人思考什么是生活。当然，生活关于人生的一切内容，人只要活着过的每一天都是生活，故我无法详细或尽如一切人意地去阐述它，但是我却可阐述生活的以下五项主要内容。

1. 奋斗或追求。人除幼小及衰老即初生或将死的这两个时间段外，第一位的是奋斗与追求，当然这两项有被动的，如为养家糊口；也有主动的，如出人头地；有低俗的，如升官发财；也有高尚的，如泽被世界；有物质的，也有精神的；有本能欲望的，也有为实现人生价值的。当一个人没有追求或不再奋斗时，他已行将就木了，无论他 30 岁或 40 岁。当然，这个奋斗与追求首先体现在工作上，工作是一个人奋斗或追求的载体。

2. 琐屑。记得有位哲人说过“琐屑即生活”。其实，琐屑是生活中最主要、最重要、最繁多的内容，小人物自然不用说，无论是伟人、将军还是巨匠般的人物，他的生活也主要是由吃、喝、拉、撒、睡、恼、争、烦、累等琐屑组成。但是生活的最大能力或最大艺术是能将琐屑变成一首快乐动人的歌，将琐屑变成生活中的快乐，让这触着的每秒光阴都变成黄金。

3. 领略。领略即经历、觉悟。首先是经历，人在衣食保暖之后最重要的不再是升官发财即世俗的成功，而是经历，一个人的经历越多他就会越成熟、越有见识、越有智慧，对人生的感悟越深，人生越丰富。可以说经历是集人生物质财富与精神财富于一身的最大财富，没有丰富经历的人无论再有钱权，他也不可能是个真正的富人。这个经历并非是你走过多少地方，见过多少人或事，当了多少个地方的官，在多少地方工作学习过。而应是有丰富的职业经历，至少有五个以上不同的职业（而非岗位），如工农兵学商官媒等；有荣挫经历，即你经历了多少次人生起伏，一个直线上升或平稳生活的人，他不仅是没丰富经历的人，也必是不幸的人，因此如像音乐中的只有高音或中音，没有低音，必奏不出动人的乐曲；有情感经历，人是情感动物，情感经历不丰富，人生同样不丰富。情感经历主要指友情、爱情上的，尤其是爱情上的，这里多指无性的即没越界的爱情，即对异性美好情感或由之所受的感动。再说觉悟，觉悟虽然以知识、智慧、慧根（灵气）、悟性为内容，但也要以经历为前提。不要小看觉悟，一个人世俗无论再成功，如不觉悟，将永远生活在“八苦”、“八风”之中。什么是佛？佛是觉悟的众生，烦恼即菩提；前念迷，即凡夫；后念悟，即佛；前念着境，即烦恼；后念离境，即菩提。

4. 培养生机。记得曾国藩有一副对联：养活一团春意思，撑起两根穷骨头。这个养活即培养，春意思即生机。关于人年轻的概念的内容有五，皆不关年龄。其中一项重要的内容就是具有青春的朝气（另四项是年轻的思维方式、年轻的生活方式、年轻人应有的冒险探险精神、年轻的心态）。这个青春的朝气即生机，生机并非仅指身体上的生龙活虎，还包括有精气神、有远大的追求、敢想敢干、百折不挠、有创造性、有个性，更重要的是日日成长、不停学习，不日日学习成长、日日学习新东西，是一个人没有生机即衰老或行将就木最典型的体现。如何培养生机？就是从以上生机的几项内容方面去培养。

5. 享受。享受生活离不开基本的物质条件，但在衣食基本保暖后又与物质没有关系，它主要指享受知识生活、智慧生活、诗性生活、艺术生活、个性生活、情趣生活，包括生活中的悲欢离合、得得失失、顺顺逆逆，乃至生活中的每一个最常见、最细小、最微不足道的内容，你都能有能力、有智慧、有情趣地从中得到享受，如一粥一饭、一个清爽的床单、一个陌生人的微笑、一滴露水、一片飞雪、一个涟漪、一树绿叶……

“生活家”的六大本质特征

世上最难做的是家长，因为当个好家长需要知识、能力、智慧、胸怀、忍耐、包容、坚强等几乎一切人类的优良素质方可。说到“家”，对带“家”的而言，当专家、作家、艺术家、演讲家、科学家都不难，只要有天赋或勤奋及坚持即可，但是当“生活家”则很难，下面我说说什么是“生活家”或“生活家”的六大本质特征。

1. 能生活。即能活得下去，这个能活得下去包括三个方面的内容：一是有基本的社会保障，包括就医、养老、住房、子女上学的基本条件；二是有自尊的生活，每天过的生活不是仰人鼻息或者没有起码的做人尊严；三是有心理安全感，除贪欲外不用为未来而忧心。

2. 能包容生活。作为“生活家”他不仅明白生活中的不如意事，不如意事十有八九，于人包括自己的父母、妻子、孩子；于事包括自己做的事。故他们能包容生活中的一切。其包容生活的具体表现，一是包容生活中的不如意，生活中如意与不如意有个“二八定律”即“两分如意，八分不如意”，如不明此理，常常嗔怒。这“八分”不如意，将导致你更多的不如意。二是包容别人的不好，尤其是君子大人（成功人士）及有素质者，如不能包容别人的不好，你时时刻刻都将徒增烦恼，因你周边多的是你看不上眼的人。再之，对做人而言，“宽则得众”嘛。三是包容别人的诽谤、非议、议论。人长嘴两大功用：一个是吃饭的，一个是说话的。这个说话当然包括说不好的话、非议的话、诽谤的话、无中生有的话，故不要见怪，就是你自己又何尝没有背后议人过。四是包容别人的损害或伤害，不宽容别人的伤害，必然报复他，这只能招来更大的无限循环的伤害。五是包容祸逆、顺逆，福祸如同天之昼夜，人之男女，如影随形，无处不在，如你不能容之，只能招来你的烦恼及导致祸不单行的结局。

3. 懂生活。生活易（每个人都会生活）、生活的富贵易（有人生得富贵、拣得富贵、巧得富贵等）、生活的幸福也易（有幸福的能力即可），但要真正做到成为“生活家”应具备的“懂生活”并非易事。什么情况下才称得上懂生活呢？首先要懂得生活的真谛，即有生气、生命活力、有生长（成长）地活着。其次是要懂得幸福就在凡俗平淡的日子中，不能陷入常人们共犯的毛病“幸福在自己眼里，别人碗里”。最后是要懂得从日常凡俗琐屑的生活中发现美，尤其是常人认为不好处发现美及其值得珍惜处的能力，如从夫妻争吵中去珍惜对方的在意及陪伴，从病痛中感谢身体的提醒及痛觉的存在，从别人的诽谤、嫉妒中看到自身的优秀，等等。

4. 善待生活。善待生活的本质有三：第一，善待生活中的每一件事，无论好事坏事都要心存感激，因好事可使你享受生活，坏事可使你认识生活；好事可使你满意，坏事可使你成长。第二，要善待生活中的分分秒秒，因为生活是由分分秒秒的时间（日子）组成，善待分分秒秒就是善待生活，这是“生活家”必须应具备的。第三，要善待生活中遇到的每一个人，君子、好人可给你帮助或使你愉快、使你成长、使你如沐春风；小人、坏人的磨难可使你思考、成长、睿智、坚强。尤其是帮过你的人、爱过你的人、祝福过你的人、友善的人，更要善待之，这是人性应有的光辉，千万要避免久则生殆、恩多不谢的凡俗人的痴愚结局。

5. 热爱生活。这里所说的“热爱”应拆开讲。首先是“热”，即对生活要有热爱，要热烈，要有火热的激情，对人有热情，对事要钟情

（投入）。其次是“爱”，这里的爱指爱的最高境界——博爱，尤其是对陌生人。不要认为爱只是生活的内容，因人是社会动物，生活中最重要的内容除食物外就是人与人之间的爱。只有热爱每一个人尤其是陌生人，才是热爱生活的具体体现。

6. 创造生活。这是“生活家”的最高境界。所谓创造生活：其一是不人云亦云地生活，即从众地生活，受社会潮流的裹挟，泥沙俱下地生活；其二是要有新生活，即能使生活的内容经常翻新、有变化，包括在中、青年时经常换工作；其三是个性生活，在生活中不失自我，寻找且过上一种最适应自己的、最具个性的生活；其四是在生活中创造，包括发明和创造作品、艺术品乃至新的、进步的定理、规律、体止等。

将写完这篇文章时，我还想说两句话：生存易，生活难；当专家、大家易，当“生活家”难。不信你可对照以上六条：你是“生活家”？

从如何吃橘子看其人生品位与境界

记得佛经上有句话：须弥藏芥子，芥子纳须弥。一滴水可以反映大海，即从一件小事、一句话乃至一个眼神中，就可以看出一个人的品德、能力、品位、境界。如吾有一友，有个过人之处或不可思议处是：他只要听人在电话中讲30秒，就可知道这个人胖瘦、健否、品德、效率、能力、性格、前途、出身及可交不可交、可用不可用。每次说个十条八条，让最熟悉者（这方通话者）自己评价很难找出一条以上的错处。我举这个例子就是说明以小见大的重要性与可行性。下面，我就从一个人如何吃橘子看一个人的品位、境界、生活态度、情趣等方面。

1. 从中看其生活情趣。拿过即吃的人，往往是没有生活情趣的，而那些拿过橘子之后，先赏其色，后闻其香的人，则是很有生活情趣、情调、情愫的人，也是在生活中很浪漫的人。

2. 从中看其美学素质及在生活中有无发现美、欣赏美的能力。因为对人生而言，作为万物之灵的人，其人生应无处不美、无人不美、无时不美，无非是你自己有没有发现美的眼睛与心灵或能力。拿过橘子直奔主题（吃橘肉），如同有人说谈恋爱直奔主题（性）一样，都是俗不可耐的、没有美感的人。有美感、懂欣赏美、发现美的人拿到橘子之后，首先考虑的不是物质需求（吃橘肉），而是慢慢地赏其色、观其形，陶醉于形态美（椭圆）、颜色美（橘红、鲜红、黄红、霞红）之中。具有欣赏美、发现美的能力的人，在开始吃橘子后的表现也不相同，他们并非是掰开就吃，而是将橘子皮优雅的、整体（连体）地剥下，放在桌上宛如一道风景，然后在手中来回转橘肉之瓣赏其内在的形之美，将简单地吃橘变成了对艺术品的欣赏甚至在鉴赏一件著名的或极美的艺术品。

3. 从中看其对生活的品位、体会、细腻、珍惜与否。凡俗或粗俗的人吃橘子，多是剥后一口一瓣或几瓣，立马往嘴里填，大口咀嚼之，甚至汁液外溢或酸得皱眉头。而对生活有品位及注重体会、品位且很细腻的人，会慢慢地闻橘子肉香，并附以深呼吸，体会那种沁人心脾之妙感，之后掰开橘瓣，再进一步深入地闻其香，包括香中带酸、带美，植物清新的味道；之后再舒缓地、轻轻地将橘瓣掰开，然后闭上眼睛伸出舌头，专注地、痴迷地轻舔橘汁，慢慢体会其酸、其甜、其清新，以及由酸到甜的微妙变化。

4. 从中可以看出对生活的思考、珍惜与感恩。庸俗、粗鲁（野）没有珍惜、感恩之心又不思考的人，掰开橘子后，立马大口咀嚼，好吃多食之，不好吃随手乱扔之。心思、动作、目的全在一个吃字上，而懂珍惜、重感情、善思考的人，不仅会珍惜这橘子的来之不易，这其中的营养、美感及有心思吃橘子的这份悠闲、这份宁静，尤其是感恩橘子的美、橘子的甘、橘子的甜，橘子作为生物链的一个环节为人类作出的牺牲，以及橘子从种到育到熟到摘到选到储到送，这一系列环节中，人们付出的心血、汗水及劳动……更重要的是能对橘子所包含的人生问题由此展开思考：如一是圆的往往是美的，这个圆在生活中体现在圆融、和谐上，即圆融和谐，即行为美或成功之道；二是红色是惹人喜欢的，这个红色在生活中就是朝气、活力、热烈；三是酸甜总是在一起的，这个道理在生活或人生中的体现就高下相成、坚柔相依、福祸相融、得失相缠、成败相用（互为作用）。

最后，我还要说一句话：生命不能没有物质，生命来源于物质，但人的生命永远不只是物质，只有动物的生命才永远只有物质。

从高处看世人的三种匆忙

一次到郑州出差，写作写的眼累了，就在二十几层高楼上向外眺望，此时正值晚上下班时间，此楼又在闹市十字口处，故街上的人特别多，又特别匆忙。此时，写作闲暇放松心情的我，首先想到的一副对联：为名忙为利忙，忙中偷闲，喝杯茶水；劳心苦劳力苦，苦中作乐，拿壶酒来。其次想到的是乾隆下江南时在江上看千帆竞发、来往穿梭，问众大臣，这众多船里都装的什么，只有纪晓岚答对了：装的都是名利。匆忙成了现代都市人们生活的主要旋律，因为交通的拥堵，生存的压力，城市的超大，使得都市中绝大部分人不得不像上足了发条的时钟，分分秒秒都滴滴走个不停。加上市场经济就是将人的精力、智力压榨到极限的经济模式，使无论哪个层次的人都成了匆忙的伴侣。其实，“忙”即意味着心死，就是精神死亡，不信你看，“忙”即“忄”（竖心）边加一个“亡”（死亡）。好了，话题不扯远了，下面我谈世人忙的三个层次，即可怜的忙、可笑的忙、可恶的忙。

1. 为谋生或生存忙——可怜。这类人是社会底层的人，且多数是为了起码的衣食、住房、看病、养家、孩子上学等人生最基本的活的条件，他们不匆忙、慌忙，不起早贪黑、加班加点，他们及他们的家人就可能住不上房、看不起病、上不起学、养不起老，甚至吃不上饭。故这类人的忙虽然不是自己的原因，但也是可理解及值得同情的、可怜的，因为他们为生存故，不得不忙。

2. 为名利忙——可笑。这类人已经完成了物质的原始积累，即无须为衣、食、住、学、医、老等基本生存的物质条件揪心，这些人依然很匆忙、慌忙、急忙，从他们身上看不到悠闲，他们的脸上看不到从容，他们的眼中看不到宁静，是因为他们是为名利仍忙个不停，即将升官发财出名（有的追一项，有的追两到三项）误作人生的价值所在或将之作为幸福的内容（得到后才知不过如此，带来的只有厌倦与空虚），正如曹雪的《好了歌》："世人都说神仙好，唯有功名忘不了，古今将相今何在，荒冢一堆草没了；世人都说神仙好，唯有金钱忘不了，生时只恨聚无多，待到多时人没了。"想想世上有多少人，为了没多大实际意义的钱或用不着的钱及可能带来祸患的名与权，整日忙个不停，忙的不能做自己喜欢的事，见自己喜欢的人，且以牺牲人格、道德、亲情、健康、子女教育、夫妻关系为代价，这又是多么愚蠢可笑。

3. 为欲望而不择手段地忙——可恶。这类人一般在一定范围内功成名就但他们为不断膨胀的欲望在忙，有百万想千万，有千万想亿万……当了科长想处长，当了处长想厅长……并且为了这些欲望不仅置法纪、良心、道德、环境污染、资源耗竭、风气恶化而不顾，而且以部分人或天下人的牺牲来成就自己，如现实社会中的为了满足自己在钱、权、名上的无尽欲望，不惜干罪恶勾当：制假贩假、坑蒙拐骗、行贿受贿、执法犯法、不顾百姓民生等。忙于这些事本身就是一种罪恶，且越忙罪恶越大。

请问很忙的朋友，您属哪种忙？

第八章 其他篇

我有能力不让任何人害我，我有智力不去伤害任何人

做人有许多高修养，其中的高境界之一便是如此文题目所说：我有能力不让任何人害我，我有智力不去害任何人。

先说说有能力不让任何人害我。不要小看这句话，说起来容易做起来就难了，要做到有能力不让任何人伤害你：一是有防人之力，去防人身体上的伤害，不说武功盖世，至少是身强力壮（野蛮其体魄），如果拼打力气或徒手搏斗时，一般人不是对手；二是有识人之能力，无论与友、与亲、与同事熟人，都能正确识人，不给伤害的机会，尤其是小人，无论其对你再好，说得再甜，对其也敬而远之，不给他走近你伤害你的机会；三是有防人之能力，害人之心不可有，防人之心不可无，这里主要是指防人暗算的能力；四是有防社会性伤害的能力，如战争、运动、大饥荒等，这需要你有审时度势的能力、对政治经济的分析能力、预测能力，等等。

再说说我有智力不去伤害任何人。因为我能认识到：一是伤害人者必自伤，杀人一千自损八百，退一万步说即使是不自损一人，如此起码也给你留下沉重的心理负担（怕人报复）；二是损人不利己，包括竞争中损人往往是两败俱伤，即使侥幸赢了，也必将招致更大的反扑，或让人看清了你的嘴脸；三是正常的人不伤害人照样可以成功，如双赢、多赢等。

与人争斗的九大愚昧之处

说起这个题目：一定有人反对我或不赞成。在此，我不去评价谁是谁非，仅想细述一下与人争斗的九大愚昧之处（或负效应），当然这更多的是从人生的角度全面地看、历史地看、长远地看，而非论一时一地之得失地看。

1. 人际紧张。与人争斗必然导致幸福指数下降，因幸福虽有很多内容，很多定义，但就幸福问题专家而言，公认的幸福还是一种关系，即亲人、家人、爱人、友人与同事间的关系，尤其是同事关系，不仅上班8小时紧张，而且8小时外还怕对方算计或算计对方、防对方，你的日子能幸福吗？

2. 生活质量下降。习惯与人争斗的人，必然将心思时时用在与人争斗上，根本没有时间享受宁静、闲暇，这是生活质量最为重要的东西。另外，只要你喜欢与习惯于争斗，你必然陷入你成我败、你上我下、你得我失的纠结的负性情绪之中。长期被负性情绪占据的人，能有什么生活质量可言？

3. 导致健康受损。与人争斗必然导致紧张、恐惧、压力，而这三种负性情绪久之的结果是十有八九会导致肠胃、心血管受损及得癌症，尤其是癌细胞往往是负性情绪的产物。不信你看习惯与人争斗的人特别是成功人士中善与人争斗的，40岁后有多少不头发稀疏、上楼喘气、针药相伴的？

4. 争路必误路。即效率反下降，欲速反不达。有哲人说大智者的明显特征是只赶路不争路，正如中国第一大哲人老子云：为而不争，少取反能多得，无用才能成其大用。记得一个笑话，说来客了，让儿子到街上去买酒，日过正午还没回来，父出去看儿子在独木桥上一手提酒一个肩与那个过桥的人顶着，谁也不让谁。父赶过来说：儿子，你回去陪客人喝酒，爹来顶上。不信你可留心仔细算一下争路比让路效率更低或看看历史上的伟大人物，有几个将心思放在争路上的，大智者都是与己争不与人争的，即与己争每天的成长进步，不与人争一时一事之得失。

5. 渐失支持者或同盟者。喜与人争斗的人，即不崇尚礼让的人、双赢的人，无论在争斗中是胜是败，必定渐渐失去人心，起码渐渐失去支持者或同盟军，使你越来越孤立。人是社会动物，人的事业是社会上众人协助支持的成果，如果大家渐渐不支持你、不愿意与你合作，你还能干什么？

6. 埋下祸根。善与人争斗的人，必以取胜（胜敌手）为目的，为了取胜必然竭尽全力，阴谋阳谋齐上，甚至不择手段，退一万步说，即使不用阴谋，你在与人争与人斗中获胜，也必然使败者怀恨，因不是双赢的胜利必然埋下祸根，因别人在与你争斗时也付出太多，从此将你当敌者，将你置之死地而后快。

7. 不懂惜缘。世界有近65亿人，而具体到每个人，常联系常见面的不到50个人，而与之争斗的人恰恰是这50人之一。故善争斗之人即不惜缘之人。不惜缘的“缘”字还包含两层意思：机缘之缘、圆（谐音）满之圆。就是说不惜缘的人，人生必不能圆满及缺少机缘（遇）。

8. 习惯于阴诈。一个人只要善与人争斗，将之作为达到目的或实现人生价值的主要手段，那么这个人为了取胜便会自觉或不自觉地用阴谋、奸诈、损人的手段，久之其必成习惯，即将自己变成一个阴险奸诈的低素质的人见人恶的小人、恶人、坏人，而上帝对人的最大惩罚是让他变成那种人（低素质的人）而不自知。

9. 不能化敌为友。在竞争中最有效、最科学、最智慧的方法是化敌为友。只有愚蠢之人才为了取胜而化敌为仇或化友为敌，这样会使自己的阵线越来越小，最终只能寡不敌众，即使你侥幸胜利或以少胜多，也不能长久。

将写完这篇文章时，读者朋友一定会不服或反问，既然我不赞成争斗，那不就是不竞争不进步了吗？那么我们的人生目标或人生价值将如何实现？我首先向有此观点的读者朋友问个好，这证明你是善思考之人。我并非不倡导竞争，没有竞争哪有人类如此的繁荣及进步，只是我不赞成有你无我、我上你下、你“死”我“活”地竞争，我倡导以下三个竞争方式：一是为而不争；二是与之争不与人争；三是双赢或多赢。

人类看世界的两个角度

这里所说的世界，即指大千世界中的人间万事万物。从人间万事万物的角度而言，自然有了360个角度，因任何东西都有360度这也适用于人间的万事万物。但是从是非或对错的角度来说，人类看世界只有两个角度，即错误和正确。角度对了但看的问题不一定全对，因其中还受一个人知识、阅历、立场、见识、智慧等方面的影响，但是角度错了，看的问题一定是错的。下面分别说说这两个角度的内容。

先说说人类看世界及世界上的一切问题错误的角度。错误的角度主要有以下几个方面：一是占有的角度，看一件事、一个人、一个物，总是看是否能占有它（他），得到它（他的人或他的服从、尊重），否则就一概否定或不感兴趣，或酸葡萄心理或妒恨怨疑，等等；二是结果（目的）的角度，只重结果不重过程，不知人类许多事物的本质或最重要的、最美好的恰在过程之中，人生本质也只是个过程；三是问题的角度，即对一切人、一切事首先看到的是不好处、问题处、对不住自己处，从没想到或很少想到它（他）的好处、闪光处、珍贵处；四是欲望的角度或利益的角度，凡人凡事想到的是有多大用处，给自己带来多少利益（好处），如交往是为了有用，物质是为了身体消费而非精神欣赏。

再说说人类看问题的正确角度：第一，过程的角度，即只问耕种不问收获；第二，人两利的角度，因单赢不仅有后遗症而且易人际紧张和两败俱伤；第三，重精神轻物质的角度，因为物质对幸福指数的功用很有限；第四，重无用的角度，因无用才能成其大用；第五，重无形的角度，因无形是有形的最高价值或关键所在，如我们花很多钱买的房，墙、窗是有形的，空间是无形的，而我们并不能住在有形的墙窗之上。

精神空虚的典型体现

常听人在交谈中或书文中谈到精神空虚一词，尤其是说一国人或一代人的时候。但是很少有人思考过什么是精神空虚或精神空虚的典型体现是什么。

要谈精神空虚的典型体现，首先要谈谈什么是精神空虚。精神空虚就是由于不重视或无能力过上丰富的精神生活，如阅读（读闲书）、艺术欣赏、创作（造）、竞技运动、流连大自然等，从而使自己精神贫乏、空虚，对生活乃至人生常产生厌倦、懒惰、烦恼，生活没激情、没意义等感觉。当然，这些感觉多是内心深处的，外人有时包括自己都难看得见，弄得懂或弄得清。故很多人，尤其是对不爱思考的人而言，更易身在精神空虚中而又不知精神空虚为何物，甚至自己身在精神空虚中还在谈论别人厌恶别人或嘲笑别人精神空虚。在这里，我只想告诉读者朋友精神空虚有个最外在、最直接、最典型的体现，即拜物。拜物的典型体现在以下几点：一是喜名牌；二是喜炫耀自己的名贵物；三是羡慕人家的名贵物及有钱、有权（权还是钱）；四是看不起没钱的穷贱之人或不如自己有钱的人；五是将挣钱（谋利）花钱，作为人生的全部内容及价值所在；六是将人际关系包括友情、爱情、亲情都以物上的得失为标准。那么，为什么说拜物是精神空虚的典型体现呢？

1. 拜物必使人生的“二元”失衡即导致轻精神。因这“二元”对人生而言，如车之两轮、鸟之两翼，必由此被轻而导致人生的颠簸或畸形。

2. 拜物之人必导致其没有时间或心思去过精神生活即心生活。人的时间、心思都是恒定的、有限的，对物质与精神而言，顾此必失彼、重此必落彼，将时间心思都用在以职场竞争为表象的对物质的追逐即拜物上，必无心或很少去从事以上提到的六种精神生活方式，从而导致精神贫乏，而精神贫乏就是精神空虚的典型体现。

3. 心灵得不到应有营养或滋润的人，心灵必然贫瘠、病态及扭曲或死亡。如同食物、水等是对肉体的营养一样，缺营养必导致疾病或死亡，心灵亦是如此，无非其营养不是身体需要的七大营养素，而是我本文开头提到的六大营养素，即六大精神生活的内容或方式。

成功或精英人士多不愿参加同学聚会的五点原因

我有一友，是个成功人士，但在人生乃至生活的各个方面都有自己独特的想法、看法、做法。一次吃饭听他与同学通电话，显然是他们在进行同学聚会，我随口问了句：“同学会你咋不参加？”“我从不参加同学聚会，无论是中学、小学、大学还是研究生同学、培训班同学。”“为什么？”我一反自己不问别人个人问题的习惯，但刚问过还是有些后悔自己的没修养，没想到一向惜言的此友，却徐徐说出了令我大长见识的四个理由。

1. 相见不如怀恋。学生时光是最美好的时光、最值得留恋和回忆的时光，尤其是异性同学的美丽或风华，以及与之相处的一点一滴、一幕一幕，那真是回忆与甜蜜同在、怀念与幸福齐飞，但如相见后人变老了、憔悴了，尤其是女同学的皱纹、男同学的大腹，都会破坏心中留存已久的美好形象、美好感觉。见一次，以这一生的美好感觉为代价，不是太不值了吗？

2. 会使你失望。同学之间在校时的感情最纯、最真、最美好、最没受污染，但一旦踏入社会绝大多数人会变得麻木、势利、等级化，全然没了在校时的那种平等、那种真挚、那种无利无欲、那种纯情，而这种种都会使你留恋同学间的无瑕及纯真。可踏入社会后数年世俗的熏染、生活的扭曲以及身上的俗气、暮气、奸猾势利气、铜臭气会使你与印象中或脑海中的无忧无虑、风华正茂、傲视王侯、视金钱权力如粪土的纯情少年大相径庭，会使你失望的。

3. 很难与同学相处，即你无论怎么做，同学都难免有微言即不满或诽你处。因你是同学中的成功人士，与他们相处你反成了弱者，即无论做得如何，都会有人指责你：话多了，有骄傲之嫌；话少了，有自大（看不起同学，不愿意与同学多说话）之嫌。相聚之费用，你出多了，有炫耀有钱之嫌；出少了有抠门之嫌。其根本原因是你的成功反射出同一起点的、资质差不多的同学的失败，在心灵深处打碎了人类的自大自负（尤其是同性别的同学，特别是男同学），这个人类共有的劣根性。

4. 纯粹浪费时间与精力，反不讨好。同学聚会，从组织到去来，到中间的寒暄吃喝，都要花很多时间及心思、心力，尤其是在相聚中，对成功人士而言，从衣食、车子、用具、言谈都要注意不要与周围同学有明显不同，不要惹他们自卑或反感，不要哪句话不当惹同学们不高兴，故要牵涉和花许多时间、精力，不仅没有什么大的益处，浪费了许多时间在吃喝、寒暄、叙旧、来回上（这是成功人士或智者最忌讳的），反而因一人难称十人意，必有人觉得你不好，即使你都做得很好，你也有不好处。因从心理学的角度讲，“超越即得罪”，尤其同学、战友等同一起点的人之间。

此友虽不参加同学聚会，但是他令我敬佩之处是能做到既不参加，避以上四点弊端，但又能让同学感到亲切、可理解、不受攻击指责。其做法一是编一个大家可以接受的理由，如出国出差、重要会议等自己无法支配时间的理由；二是自己出一部分费用或给同学们每人送一件纪念品；三是让有影响的人带话表示十分遗憾；四是向同学公布自己的通信方式，欢迎同学们多联系；五是自己真诚地为有需要帮助的同学们鼎力办事，以显同学之情。

为什么国外看不起大肚子的成功者

在中国只要是成功者，都会受到人们的景仰和尊重，可谓“英雄（富贵）不问出处”，即不问你手段如何、素质如何。但是在西方则不同了，人家不仅英雄问出处，即看你成功的手段如何，是否靠素质成功，阳光下的利益，而且还看不起大肚子的成功者。为什么国外看不起大肚子（大胖子）的成功者呢？

1. 认为那是身体失败的象征。一个人的成功不仅仅是有钱有权的物质成功，还包括身体成功以外的许多成功，而身体成功不仅是最大的物质成功（健康是人最大的物质财富），而且是其他成功的基础，故身体的失败从某个角度上讲是人生的最大失败。因肥胖尤其是大肚子是百病之源。

2. 是一个人不理性、不节制的表现。将自己吃成个大肚子（大胖子），那是典型的不理性、不节制的表现，因一个理性或节制的人是不可能将自己吃成大肚子（大胖子）的。

3. 是生活没品位的象征。将自己吃成大肚子（大胖子）说明你的业余生活中的三个典型特征：一是在吃上花很多时间心思；二是运动少；三是脑力劳动少（这是胖的主因之一），即从事读书、研究创造的活动少了。而这两少一多恰恰是一个人生活没品位的象征。

4. 不强大或没有自制力即战胜自己能力的象征。最典型的是连自己的嘴都管不住。因为人生最难的不是战胜别人而是战胜自己，因为胜人则力，自胜则强；自制是自救，帮人是救人。

5. 没有能力的表现。一个人的能力特别是最大的能力，不是体现在升官发财的能力上（那只是人生的一个基本能力而非人生的主要或最大能力)。从人生综合角度讲一个人最大的能力包括三个方面：经营身体、管理控制自己的情绪、战胜自己的劣根性（贪财、好色、好誉、自大等)。而经营自己身体的能力又是一个人最大能力的基本能力。试想一个人连自己的身体都经营不好，他还有能力干什么？

6. 贪婪或放纵的象征。吃成大肚子，是一个人贪婪（食物）和不节约贪欲或放纵欲望的典型体现，因从某个角度讲，放纵食欲等于放纵贪欲，因人的贪欲表现在贪食、贪色、贪财、贪权四个方面，而贪食是一个人在其他三个方面贪婪最直接、最外在的表现（其他贪还都掩饰或不易看出)。故大肚子从某个角度讲就是在其他三个方面也贪婪并不知节制、不能节制者。

综上所述，大肚子从某个角度讲是一个身体失败的人，一个不理性、不节制、没品位、没能力、没自制力且又贪婪的人。最后我再说明一点：在国外的大街上人们的回头率尤其是女性对男性的回头率，是看他是否有线条。瘦是一个人有品位、有理性、有节制、有能力的体现，大肚子（肥胖）是一个人贪婪、放纵写在脸上的罪。

为什么不同不系安全带的人交朋友

日前在京与几个朋友聚会时，有一个朋友说："我不同开车、坐车不系安全带的人交朋友、做生意、共金钱或财富。"我听后忙问为什么，他说出的原因颇有道理，具体内容如下。

1. 不守法的表现。开车、坐车系安全带是法定的，不系就等于不守法，至少是没法律意识，或视法律为儿戏。试想一个连法律都无视、都不敬畏的人，他还能在乎什么？敬畏什么？

2. 不珍惜生命的表现。安全带是对开车人、乘车人生命（身体）的保护，不系安全带说明此人对自己的生命（身体）不珍惜，试想一个对自己的生命（身体）都不珍惜的人，他还会珍惜什么，更不要说朋友间的信任或友情了。

3. 不理性、不智慧的表现。开车坐车不系安全带，冒着自己生命（身体）被伤害的危险，况系安全带只是举手之劳，为省这举手之劳不惜以自己的生命及身体为代价，这是何等的不知轻重、不知深浅、不知高低，即都是不理性、不智慧的表现。试想连生命及举手之劳都不知轻重的人，他的理性及智慧又在哪里？

4. 不守规矩的表现。说白了，按规矩系安全带，从本质上讲是一种规则意识，而规则意识则是现代文明的重要内容，开车、坐车不系安全带就等于说明此人是个不守规矩的人，一个人不遵守事关他生命（身体健康）的规则，你还能指望他遵守经济规则、合同规则、信用规则、朋友规则吗？

出租车司机的三大惊人妙论

日前听朋友说坐出租车时，他碰到了一矮胖的、满脸胡子的、一看就像个粗人的司机，可交谈起来使他大吃一惊，大有山外有山，人外有人，山野村夫有大才之感。下面是此友同出租车司机交谈中，出租车司机的三大妙论。

1. 关于夫妻关系。此友同此司机感叹自己对妻子无论在工作、家务、花销及待她家人上做得很好，出有车、食有余、居有楼、钱有余，在朋友圈及妻子家人都很感动，可妻子总没满足感，反而流露的都是不满或少什么、缺什么及说他钱挣的不够多，哪怕偶尔一句满意的话也没有。这使自己很纠结、很迷茫也很难受，不知妻子为何这样不知足。出租司机听后笑着说："兄弟这很正常，她之所以这样一是怕你骄傲；二是想促你更努力；三是人性，因人性之一是不珍惜、不满足得到的，注重、在意缺少的、没得到的。再者，她不同你说满足并非她没有满足，说不定做梦都在偷着乐呢！"

2. 关于教育子女。当朋友同此司机说到自己只供孩子上学，不给子女买房、子女留钱时，司机说："你的观点我赞成，也符合教育规律，且国外早已这样做了。但是你的家庭关系肯定紧张。"朋友一听忙问："为什么？""他们肯定不理解，有怨言甚至怨恨，你要知道你是以一人之观点在对抗全国 13 亿人几千年传承下来的观点，当然是鄙陋的观点，你能不累？能不纠结？人际关系能不紧张吗？"

3. 关于意外之财。听完出租车司机的以上观点后，也将到目的地了，朋友在将下车时依依不舍地对司机说："同你交谈受益匪浅，你留个号给我，等我办完事后打你电话，你再来接我，除打表付款外，我另付100元小费。”朋友本想他会很高兴，没想到他不仅没给号码且一脸平静地说：“谢谢好意！我就不了。希望你给其他司机，让他们高兴，我对意外之财即非劳动所得历来是持不取态度，即不贪意外之财尤其是非劳动之财，那样不仅有风险而且会滋生自己不劳而获、少劳多得或投机取巧的潜意识。我对财富的态度是顺其自然，不强求、不贪求、不非求，我开车的收入足够我一家的基本衣食，我别无所求。另外，我每天只挣够基本生活费用就立马收车，绝不多挣，然后去陪家人、去运动、去做自己喜欢的事，这些比金钱更重要。”

最智慧、最伟大之人多是“小偷”

说起小偷，人们无不痛恨，尤其是自己的腰包、提包或家中被偷过的人，而作者你竟在此将小偷与智慧伟大并论，大概你精神有毛病吧？不过我并不介意你说我精神有毛病，我是否精神有毛病与你说不说没什么关系。我虽不才不智，但还是能做到不会“因言而怒”。在此，我只希望讥我、骂我的读者朋友听我将话说完。因为我说的“小偷”不是偷不属于自己的钱物，而是偷时、偷功、偷情、偷安、偷闲。

1. 偷时。上苍对人的三大公平是每天24小时的时间都一样，都要死，疾苦及厌倦此消彼长下一样多。但是智者或伟大者虽不能绝对改变这三个现实，但可相对改变，如死了还可活着，像西西弗斯那样认识到自己推石时身姿的优雅而得以立马解咒。尤其是偷时，智者可将之24小时当48小时、96小时或192小时用。

2. 偷功。这里的偷功不是将别人的功劳或成功偷过来，而是不动声色地、悄悄地即偷偷地努力，十年二十年磨一剑，在磨剑时不让人知道，到时让世人大吃一惊，想嫉妒、阻拦都来不及。

3. 偷情。这里的偷情不是世俗所说的婚外情或养二奶、三奶，而是有以下三种情况：一是为爱长久，将自己的火热偷偷掩藏，因热烈的不能持久还会烧灼人，无论对方是否理解；二是在“恨不相逢，逢未嫁（娶）时”之时偷偷将情掩住，不让其知或偷爱一生；三是偷偷地给爱的人帮助，而不让人知道包括爱的人。

4. 偷安。这里所说的偷绝不是像南宋小朝廷的江南偷安，或为了“安”而不顾廉耻、道德、人格、大义等堕落行为，而是在当前这个喧嚣的世界偷得安稳、安宁、安静、安魂，这里的安，不是安全的安，也非治安的安，更不是身安、职业安、收入安、婚姻安，而是心安，即心境深处的宁静。

5. 偷闲。这在当今欲望泛滥、浮躁匆忙的社会下，能偷闲是一个人最大的能力与智慧。纵观古人、文人、伟人、慧人，无不好闲成癖，记得古书中说：人不梦人富贵，而梦人清闲。大概天也妒闲，故让人无论贫富贵贱都忙碌个不停，何人容人闲，何人能自闲。除非慧人，何时可得闲，故自古有人感慨“难得偷来片刻清闲”，这一个偷字既有许多感慨又有些许无奈。其时闲尤其是功后闲、忙后闲，那可是一种人生大智慧，需要的不仅是能力、效率，而是品位、境界。这在“好忙成病”的现代人那里简直是一种最大的奢侈品。如何偷闲，学问很多，一是提效率；二是忙人所闲，闲人所忙；三是善舍弃；四是追求简单生活；五是降低欲望，这是最重要的一点，只有随遇而安，不图将来（有人不能真正解此语）、不追既往、不比优劣、不计得失的才能真正偷来许多清闲，去松下听风、怡谈赋诗、独钓寒江、踏雪寻梅、月下赏荷、醉饮花间……

后　记

这本书的序与后记是我在50多本书中写得最慢、最晚、最没灵感或没有写作冲动的一个。我历来不喜请人写序或后记，那样不仅麻烦别人，而且自己麻烦，并且写的东西多不是自己想说的或希望看到的。因写作本是积累（知识积累、生活积累、思想积累）后的喷吐，你不喷吐却让别人喷吐，我觉得是有违写作初衷的。关键是我不愿请人写的原因有三：一是有借人出名之嫌，请人写序肯定是个名人，即使还没出名也是个有成就的人，如此不仅有此之嫌，而且作者本对名利不感兴趣，因是怕之捆缚；二是周期太长，有的要等几月、半年、一年甚至几年，名人都很忙嘛，哪有自己一个早晨“序”与“后记”两篇皆成来得快；三是怕麻烦，请、写、校、谢，这些许麻烦，非吾之所愿也。在这里所要说明的是这50多本书中只有4本有人作序，一本是我请的，两本是人家垂青、垂爱、礼贤下士主动提出的，一本是朋友请的。

一是第一本杂文集《百日谈》，这本书的起因是与自己最敬佩的可交流而非交谈的朋友之一的《社区读书》主编黄晓林君交流时，他欣赏我的许多观点，建议我将这些观点以一篇篇文章的方式写出，与大家共赏，我自负且不屑地说：“我已走过了写文章的阶段，只写书不写文章了。”“那你将一篇篇文章汇集不就是书吗?”一语惊醒梦中人，我听此话后43天写了我第一本杂文集，写完后请他写序，他也“自负”地说：“我想这序也只有我写。”我听了这话好不高兴。

二是主动帮我写序的有两人：一个是同卫生部心血管专家咨询委员会副主任洪昭光交谈预防医学观点时，他感叹地说：“你这些观点很好咋不抽时间写出来?”“我已写好，书名叫《轻轻松松一百岁》，正在改。”“那我给你写序。”后来才知道找他写序的人排成队，几年、十几年花费数以万元计也不一定给写。对我分文不取且主动垂青，很使我感动。另一个是同中宣部前常务副部长、全国青少年教育专家许惟诚谈教育时，他感慨我的许多教育观点，建议我写出，得知我的《谁来教育父母》正在出版时，提出要给我写序。

三是《河南经济发展论》一书，是一朋友请当时全国著名的经济学家孙尚清写的。

最后，在此感谢为此书编辑、校对、打印的各位同胞。

作者于2014年11月19日